Lisa Kleypas

C'est à 21 ans qu'elle publie son premier roman, après avoir fait des études de sciences politiques. Elle a reçu les plus hautes récompenses, et le prix Romantic Times du meilleur auteur de romance historique lui a été décerné en 2010. Ses livres sont traduits en quatorze langues.

Son ton, la légèreté de son style et ses héros, souvent issus d'un milieu social défavorisé, caractérisent son œuvre.

Elle est également l'auteure de romance contemporaine.

Nulle autre que vous

Du même auteur
aux Éditions J'ai lu

Dans la collection Aventures et Passions

Par pure provocation *(N° 3945)*
L'ange de minuit *(N° 4062)*
Prince de l'éternité *(N° 4426)*
La loterie de l'amour *(N° 4915)*
Un jour tu me reviendras *(N° 5263)*
Parce que tu m'appartiens *(N° 5337)*
L'imposteur *(N° 5524)*
Courtisane d'un soir *(N° 5808)*
Frissons interdits *(N° 6085)*
Sous l'emprise du désir *(N° 6330)*
L'amant de lady Sophia *(N° 6702)*
Libre à tout prix *(N° 6990)*
Les blessures du passé *(N° 7614)*

LA RONDE DES SAISONS

1 – Secrets d'une nuit d'été *(N° 9055)*
2 – Parfum d'automne *(N° 9171)*
3 – Un diable en hiver *(N° 9186)*
4 – Scandale au printemps *(N° 9277)*
5 – Retrouvailles *(N° 9409)*

LES HATHAWAY

1 – Les ailes de la nuit *(N° 9424)*
2 – L'étreinte de l'aube *(N° 9531)*
3 – La tentation d'un soir *(N° 9598)*
4 – Matin de noce *(N° 9623)*
5 – L'amour l'après-midi *(N° 9736)*

LA FAMILLE VALLERAND

1 – L'épouse volée *(N° 10885)*
2 – Le capitaine Griffin *(N° 10884)*

Dans la collection Promesses

LA SAGA DES TRAVIS

1 – Mon nom est Liberty *(N° 9248)*
2 – Bad boy *(N° 9307)*
3 – La peur d'aimer *(N° 9362)*

LISA

KLEYPAS

Nulle autre que vous

Traduit de l'anglais (États-Unis)
par Anne Busnel

J'AI LU

POUR elle

Si vous souhaitez être informée en avant-première
de nos parutions et tout savoir sur vos auteures préférées,
retrouvez-nous ici :

www.jailupourelle.com

Abonnez-vous à notre newsletter
et rejoignez-nous sur Facebook !

Titre original
I WILL

Éditeur original
Leisure Books published by Dorchester Publishing Co., Inc.

1

Londres, 1833

Ce n'est pas facile de demander service à une personne qui vous méprise cordialement.

Mais Andrew, lord Drake, avait pour principe de ne jamais s'embarrasser quand il s'était fixé un objectif. Et aujourd'hui il ne ferait pas exception à la règle.

Il avait besoin de l'aide d'une femme ayant une moralité irréprochable. Or il n'en connaissait pas d'autre que Mlle Caroline Hargreaves, qui était très à cheval sur la bienséance, de manière sans doute excessive. D'ailleurs, il ne devait pas être le seul à le penser puisque, à vingt-six ans, elle était toujours célibataire.

— Que désirez-vous ? s'enquit-elle d'un ton hostile.

Elle n'avait pas détourné les yeux du large cadre de bois calé contre le divan, sur lequel elle était occupée à tendre un linge. Après la lessive, les bordures en dentelle des nappes et des serviettes avaient besoin d'être défroissées. Il fallait glisser des épingles dans les fines boucles de dentelle pour fixer correctement le tissu sur le cadre. C'était une tâche qui nécessitait minutie et délicatesse.

Caroline Hargreaves affichait une mine impassible, cependant la raideur de ses doigts, alors qu'elle manipulait la pelote d'épingles, trahissait sa nervosité.

— J'ai besoin de votre concours, déclara Andrew qui la dévisageait avec curiosité.

C'était sans doute la première fois qu'il l'approchait en étant sobre. Et, pour une fois débarrassé des vapeurs d'alcool qui lui embrumaient habituellement le cerveau, il était frappé par certains détails surprenants chez Mlle Caroline Hargreaves.

Tout d'abord, elle était beaucoup plus jolie qu'il ne l'avait cru. Certes, elle était mal fagotée et portait de petites lunettes ridicules perchées sur son nez, néanmoins il lui trouvait une beauté assez raffinée qui lui avait échappé jusqu'alors.

Sa silhouette n'avait rien de spectaculaire – pas de seins et pas de hanches, pour ainsi dire. Elle était petite, mince, et Andrew préférait les femmes grandes et voluptueuses, qui appréciaient comme lui les étreintes vigoureuses au lit.

Toutefois, Caroline avait un visage ravissant, des yeux bruns veloutés, d'épais cils noirs, des sourcils sombres à la courbe aussi gracieuse que des ailes de faucon.

Ses cheveux blond clair étaient rassemblés en un volumineux chignon d'où ne s'échappait aucune boucle rebelle. Son teint était aussi frais que celui d'un enfant. Et cette bouche... Comment diable ne l'avait-il pas remarquée auparavant ? Délicatement ourlée, expressive, avec une lèvre supérieure arquée, plutôt petite, et une lèvre inférieure pulpeuse.

Une bouche en forme de cœur.

En ce moment précis, cette bouche délicieuse était pincée dans une moue contrariée, et ses sourcils se fronçaient dans une expression déconcertée.

— Je ne vois pas bien ce que vous pourriez attendre de moi, lord Drake, dit-elle enfin d'un air crispé. Néanmoins, je puis vous assurer qu'il ne faut rien espérer.

Il eut un petit rire désabusé, jeta un coup d'œil à son ami Cade, le frère de Caroline, qui venait de l'introduire dans le salon. Cade l'avait prévenu que Caroline ne se montrerait pas du tout coopérative, et il arborait maintenant une mine fataliste et ennuyée face à l'attitude de sa sœur.

— Je te l'avais dit ! murmura-t-il.

Pourtant Andrew n'avait pas l'intention d'abandonner si aisément.

Pensif, il reporta son attention sur la jeune femme. Quelle technique d'approche serait la meilleure ? Elle avait manifestement l'intention de l'humilier, et il ne pouvait pas vraiment l'en blâmer.

Elle n'avait jamais fait mystère de son antipathie à son égard, et il fallait avouer qu'elle avait quelques bonnes raisons de lui en vouloir. Tout d'abord, il avait eu une très mauvaise influence sur son frère Cade, un jeune type sympathique, quoique très influençable. Trop souvent, à l'invitation d'Andrew, Cade s'était embarqué dans de folles soirées londoniennes au cours desquelles il avait bu, joué et troussé des filles, avant de rentrer chez lui dans un état pitoyable.

Le père de Cade et de Caroline était mort. Quant à leur mère, Fanny Hargreaves, c'était une vraie tête de linotte. Caroline était donc la seule à exercer un semblant d'autorité sur son jeune frère de vingt-quatre ans. Elle faisait de son mieux pour le garder dans le droit chemin et l'obliger à assumer ses responsabilités d'homme de la famille, mais naturellement Cade trouvait bien plus drôle de mener une vie de patachon en compagnie d'Andrew. Et tous deux avaient fait les quatre cents coups à Londres.

Il y avait aussi une autre raison à la froideur que Caroline lui témoignait : tout les opposait. Elle était pure, lui débauché. Elle était honnête, il façonnait la réalité à son gré pour mieux servir ses intérêts. Elle s'imposait une stricte discipline. Il ne se refusait rien, jamais. Elle était d'une nature calme, sereine. Il ne tenait pas en place.

En réalité, Andrew l'enviait beaucoup. Aussi s'était-il cruellement moqué d'elle chaque fois qu'ils avaient pu se croiser par le passé.

Aujourd'hui elle le détestait, et il était venu lui demander une faveur dont il avait désespérément besoin. Décidément, la situation était burlesque, songea-t-il avec un sourire sarcastique qui masquait sa nervosité.

Il décida d'aller droit au but. Mlle Caroline Hargreaves ne semblait pas du genre à apprécier les petits jeux et les cajoleries.

— Je suis ici parce que mon père est en train de mourir, dit-il.

Il la vit tressaillir. Elle s'était piqué le doigt par mégarde avec une épingle. Son regard se détourna enfin du cadre de bois.

— Je suis désolée, murmura-t-elle.

— Pas moi.

Elle écarquilla les yeux derrière ses lunettes. Il se moquait bien de la choquer. Il n'allait pas feindre d'éprouver du chagrin pour un si piètre père. Le comte de Rochester ne s'était jamais intéressé à lui, et Andrew avait depuis longtemps renoncé à mériter l'affection de ce manipulateur au cœur aussi tendre qu'un bloc de granit.

Sans émoi, il poursuivit :

— La seule chose qui me désole, voyez-vous, c'est que mon père ait décidé de me déshériter. Vous et lui semblez partager l'opinion que je mène une vie dépravée. Mon père m'a accusé d'être la personne la plus veule et pervertie qu'il ait jamais rencontrée. J'espère au moins que c'est vrai, conclut-il sardonique.

— On dirait... que vous êtes fier de l'avoir tant déçu ! s'exclama-t-elle, visiblement perturbée par son cynisme.

— Oh, je le suis, acquiesça-t-il avec désinvolture. Tel était précisément mon but : le décevoir autant qu'il m'a déçu. La tâche n'était pas aisée mais, en définitive, j'y suis arrivé. C'est même mon plus grand succès personnel à ce jour.

Décontenancée, Caroline lança un coup d'œil à Cade, qui se borna à hausser les épaules d'un air penaud et s'éloigna vers la fenêtre pour faire semblant de contempler le paysage printanier.

La résidence des Hargreaves était située dans le quartier ouest de Londres. C'était un joli manoir de style géorgien, aux murs de pierre rosâtre, encadré de grands hêtres. Le genre de demeure cossue que seule une vénérable famille anglaise pouvait posséder.

— Donc, reprit Andrew, dans une tentative désespérée pour me changer, le comte m'a rayé de son testament.

— Mais... ce n'est pas possible. Les titres, votre résidence londonienne et votre propriété de campagne... Tout cela doit faire partie de la succession incessible, objecta Caroline.

— En effet, admit Andrew avec un sourire amer. Quoi qu'il advienne, j'hériterai de tout ceci. Ni lui ni moi ne pouvons enfreindre les lois sur l'héritage. Pour ce qui est de l'argent – et je parle de la fortune familiale dans son intégralité –, c'est une autre paire de manches. Mon père a le droit de le léguer à qui bon lui semble. Aussi il est probable que je devienne l'un de ces maudits coureurs de dot, contraints d'épouser une héritière laide comme les sept péchés capitaux en échange de son portefeuille bien garni.

— Quelle horreur... pour l'héritière, je veux dire.

Une étincelle malicieuse s'était mise à danser dans les yeux de la jeune femme.

— Caroline ! protesta Cade de sa fenêtre.

— Oh, ça va, tempéra Andrew. Il est vrai que celle qui acceptera de m'épouser méritera toute la compassion du monde. Je ne traite pas bien les femmes, je n'ai jamais prétendu le contraire.

Caroline sursauta de nouveau et se piqua derechef le doigt.

— Que voulez-vous dire par là ? Auriez-vous l'habitude de les brutaliser ?

— Non ! se récria-t-il, piqué au vif. Jamais je ne porterai la main sur une femme.

— C'est donc que vous leur manquez de respect. Vous les négligez, vous êtes discourtois à leur égard et vous leur mentez.

Elle lui lança un regard interrogatif. Puis, comme le silence se prolongeait, elle insista :

— N'est-ce pas ?

— Ah, c'était une question ? Je pensais que vous nous faisiez un discours.

Ils se toisèrent du regard. Les joues pâles de Caroline se teintèrent d'un rose délicat qui trahissait sa colère. Dans la pièce, l'atmosphère se modifia, devint oppressante. Il en fut dérouté. Comment diable une vieille fille maigrichonne pouvait-elle l'émouvoir à ce point ? Lui qui depuis toujours se moquait de tout et de tous, y compris de lui-même, se sentait tout à coup troublé, voire charmé, plus qu'il ne l'avait été depuis longtemps.

Il fallait vraiment être un pervers pour désirer la sœur de Cade Hargreaves ! Et pourtant... Son sang courait dans ses veines, infusant dans tout son corps une chaleur et une énergie neuves. Et ses extrémités nerveuses fourmillaient alors qu'il imaginait diverses façons de prendre du bon temps avec cette bouche divine...

Heureusement, Cade était là ! Sinon Andrew aurait été tenté de montrer à Mlle Caroline à quel point il était dépourvu de morale.

D'ailleurs s'il restait debout, la preuve physique de son désir n'allait pas tarder à devenir évidente.

— Puis-je m'asseoir ? demanda-t-il en désignant le fauteuil placé près du divan.

— Je vous en prie.

L'innocente ne semblait pas avoir remarqué l'état d'excitation dans lequel il se trouvait.

— J'ai hâte d'entendre quel genre de service vous attendez de moi, ajouta-t-elle. Surtout après avoir vu à quel point vous pouvez être charmant et bien élevé.

Elle était capable de le faire rire, alors qu'il avait une sacrée envie de l'étrangler en même temps.

— Merci. Donc, si je veux retourner dans les bonnes grâces du comte mon père, je n'ai d'autre choix que de lui obéir, dit-il en s'installant dans une posture décontractée, les coudes calés sur les genoux.

— Vous avez l'intention de vous amender ? demanda-t-elle, la mine sceptique.

— Pas du tout. Ma vie me convient tout à fait. Je vais juste faire semblant de me ranger, de revenir dans le droit chemin, jusqu'à ce que le vieux casse sa pipe. Ensuite j'empocherai sa fortune, et tout ira bien.

— Quel charmant programme ! commenta-t-elle, une lueur de dédain dans le regard.

Bizarrement, il se sentit affecté par sa réaction. Alors qu'il ne s'était jamais soucié de l'opinion d'autrui, il éprouva l'envie de se justifier, de lui expliquer qu'il n'était pas aussi vil qu'elle le pensait. Mais il garda le silence. Il n'allait quand même pas se ridiculiser devant cette donzelle.

La jeune femme soutenait tranquillement son regard.

— Et quel rôle suis-je supposée jouer dans vos plans ?

— Il faudrait que vous feigniez de vous intéresser à moi, répondit-il sans détour. Sur le plan sentimental, je veux dire. Je compte persuader mon père que j'ai renoncé à boire, à jouer et à courir la prétentaine... pour faire la cour à une demoiselle respectable que j'ai l'intention d'épouser.

— Vous voulez dire... que vous voulez organiser de fausses fiançailles ?

— Oh, inutile d'aller si loin ! Je vous demande simplement de m'autoriser à vous accompagner à quelques réceptions, de m'accorder quelques danses, quelques promenades en voiture. Juste assez pour délier les langues et faire en sorte que les rumeurs parviennent aux oreilles de mon père.

Elle le regarda comme s'il avait perdu la tête.

— Et pourquoi, au nom du ciel, les gens iraient-ils croire une telle comédie ? Aucun couple ne serait plus mal assorti que le nôtre !

— Ce n'est pas si farfelu. À votre âge…

Il s'interrompit, chercha une façon délicate de formuler sa pensée.

— Vous voulez dire que, comme je suis toujours célibataire à vingt-six ans, je ne peux pas me permettre d'être trop exigeante concernant un éventuel parti. J'accepterais donc vos avances même si je vous trouvais répugnant. Du moins, c'est ce que penseront les gens.

— Vous ne mâchez pas vos mots, mademoiselle Hargreaves.

Elle fronça les sourcils.

— En effet, lord Drake. Je n'ai pas la langue dans ma poche, je suis un bas-bleu, et je me suis résignée à mourir vieille fille. Alors qui irait croire que quelqu'un comme vous peut s'intéresser à moi ?

Bonne question. Cinq minutes plus tôt, l'idée aurait fait rire Andrew lui-même. Mais en cet instant, alors qu'il était assis face à elle, ses genoux tout proches des siens, le désir l'assaillait de nouveau.

Il percevait son parfum – celui de sa peau mêlé à une fraîche odeur végétale, comme si elle revenait du jardin. Cade lui avait d'ailleurs confié que sa sœur passait beaucoup de temps dans le parc et dans la serre, à cultiver des roses et à créer des hybrides.

Elle-même ressemblait à une rose, exquise, parfumée, et… prompte à piquer. À présent Andrew se demandait comment il avait fait pour ne pas la remarquer plus tôt.

Il risqua un œil du côté de Cade qui haussa les épaules, comme pour signifier qu'il était parfaitement vain d'argumenter avec sa sœur.

— Hargreaves, tu veux bien nous laisser quelques minutes ?

— Pourquoi ? demanda aussitôt Caroline, méfiante.

— J'aimerais avoir une conversation privée avec vous. À moins... que vous n'ayez peur de rester seule avec moi, mademoiselle Hargreaves ? ajouta-t-il avec un petit sourire ironique qui ne pouvait que l'irriter.

— Certainement pas ! assura-t-elle, avant d'ordonner à son frère : Laisse-nous un moment, Cade, veux-tu ?

Cade se dirigea vers la porte, mais s'immobilisa sur le seuil, une expression inquiète peinte sur ses traits juvéniles.

— Si tu as besoin de moi, tu n'auras qu'à crier.

— Ne t'inquiète pas, je suis tout à fait capable de gérer ton soi-disant ami, répliqua Caroline d'un ton ferme.

— C'est à Drake que je m'adressais, rétorqua Cade dont les yeux pétillèrent tout à coup de malice.

Andrew réprima un sourire, tandis que son ami quittait la pièce. Il reporta son attention sur Caroline, abandonna le fauteuil pour venir s'asseoir près d'elle sur le divan.

— Que faites-vous ? s'alarma-t-elle.

Il lui lança un regard charmeur, le genre de regards qui avaient fait fondre tant de femmes réticentes par le passé.

— Je ne vous rends pas nerveuse, j'espère ?

— Pas du tout. C'est juste que... ma pelote d'épingles est de ce côté, et votre postérieur va bientôt ressembler à un hérisson.

Riant, il tâtonna sur les coussins à la recherche de la pelote qu'il finit par découvrir près de sa fesse gauche.

— Merci de m'avoir prévenu. Vous auriez pu me laisser en faire la douloureuse expérience.

— J'avoue que la tentation était grande.

Elle était vraiment très jolie, avec cette étincelle amusée qui pétillait dans son regard noisette et ses joues rosies. Tout à coup la question posée précédemment – pourquoi se serait-il intéressé à elle ? – lui parut grotesque. Comment diable aurait-il pu l'ignorer ? Des images grisantes défilèrent dans son esprit. Il aurait aimé soulever cette femme menue, la poser sur ses genoux, l'embrasser éperdument. Glisser la main sous ses jupes de futaine marron, caresser sa cuisse. Plus que tout, il aurait voulu tirer sur le sage corsage pour découvrir ses petits seins insolents. Jamais il n'avait été plus fasciné par une poitrine féminine, et ce n'était même pas logique, car il avait toujours préféré les décolletés généreux.

De nouveau penchée sur sa dentelle, elle réussit à se piquer une fois de plus. Avec une impatience soudaine, il lui prit la pelote des mains.

— Avec votre permission...

Il s'activa de ses doigts habiles, positionna quatre épingles sur le cadre pour fixer le morceau de tissu de manière parfaite.

Caroline ne cacha pas sa stupéfaction.

— Où avez-vous appris à faire cela ?

Il observa le résultat d'un œil critique avant de répondre :

— J'étais fils unique et j'ai grandi dans une grande maison où je m'ennuyais ferme. Les jours de pluie, j'aidais la gouvernante. Vous devriez me voir polir l'argenterie ! ajouta-t-il avec un sourire désabusé.

Une lueur de curiosité s'était allumée dans les yeux noisette de Caroline. Au bout d'un moment, elle reprit d'un ton sensiblement radouci :

— Personne ne croira à votre petite mascarade. Vous savez, je discute avec Cade. Je connais votre réputation. Je sais quel genre de femmes vous poursuivez de vos assiduités. Et elles n'ont rien en commun avec moi.

— Je saurai jouer mon rôle de manière convaincante. Après tout, une énorme fortune est en jeu. Et pour mettre la main dessus, je suis capable de courtiser le diable lui-même. La question est : « Vous, seriez-vous capable de jouer la comédie ? »

— Je le pense, répondit-elle d'une voix égale. Vous n'êtes pas désagréable à regarder. On peut même vous trouver un certain charme… C'est-à-dire, si l'on aime le style débraillé.

Il se renfrogna. Sans être un de ces muscadins obnubilés par leur apparence, il s'assurait toujours que ses habits soient propres et correctement repassés. Il était grand, puissamment bâti, et se savait bien proportionné. Et, en général, les dames ne tarissaient pas d'éloges sur ses cheveux bruns et ses yeux bleus.

Le problème venait de son mode de vie. Il passait beaucoup trop de temps enfermé, buvait trop et manquait de sommeil. Plus souvent qu'à son tour, il se réveillait vers midi, les yeux cernés et injectés de sang, le teint blafard après une nuit de beuverie.

Jusqu'à présent il ne s'en était jamais alarmé. Aujourd'hui, face à cette femme impeccable qui lui faisait la morale, il avait presque le sentiment d'être un vagabond dépenaillé.

— Et par quels moyens comptiez-vous me convaincre de coopérer ? s'enquit-elle encore.

Il était clair qu'elle n'envisageait pas un instant de devenir sa complice. Elle posait la question par simple curiosité. Et hélas, elle venait de mettre le doigt sur son point faible, car il n'avait guère d'arguments décisifs à lui proposer.

Il ne la persuaderait pas en lui faisant miroiter de l'argent ou des cadeaux. Non. Il savait déjà qu'une seule chose était susceptible de lui faire considérer sa requête avec sérieux.

— Si vous acceptez de m'aider, je vous promets de laisser votre frère tranquille. Nous savons tous deux que j'ai une très mauvaise influence sur Cade. Il a contracté une multitude de dettes, parce qu'il s'efforce de suivre le rythme de la bande de mécréants dégénérés qui sont mes amis. Dans peu de temps, il finira comme moi : blasé, cynique... sans aucun espoir de rédemption.

Le visage expressif de Caroline lui révéla qu'il venait d'énumérer ses craintes les plus vives.

— Est-il vraiment si endetté ? s'inquiéta-t-elle.

Il énonça une somme qui l'horrifia. Il ne put s'empêcher de jubiler en lisant la peur dans ses yeux. Non, il ne s'était pas trompé. Elle aimait son frère, suffisamment pour vouloir le sauver, même si cela impliquait de faire croire qu'elle s'était amourachée d'un homme qu'elle méprisait.

— Et ce n'est que le début, affirma-t-il. Après, Cade sera pris à la gorge. Il ne pourra plus échapper à ses créanciers.

— Et vous n'intervenez pas ? Vous restez là, les bras ballants, pendant qu'il gâche sa vie, qu'il dilapide son capital en nous mettant en danger, ma mère et moi ?

Andrew haussa les épaules.

— Ce ne sont pas mes affaires. Je ne suis pas son tuteur.

— Mon Dieu ! murmura-t-elle, atterrée. Il n'y a vraiment que votre petite personne qui vous soucie, n'est-ce pas ?

L'air indifférent, il examina le bout de sa botte au cuir éraflé – un article fort onéreux.

— Oui, cela m'est égal d'entraîner les autres avec moi dans cette spirale infernale. Mais si vous acceptez de m'aider, je protégerai Cade. Je demanderai aux autres de ne pas l'inviter dans leur club ou leur maison de tolérance préférée. Je veillerai à ce que tous les usuriers de ma connaissance – et croyez-moi, ils sont légion ! – refusent de lui prêter un sou. Il ne pourra plus participer aux parties de cartes aux enjeux élevés. De plus, si je suis assuré de disposer de la fortune de mon père, j'assumerai le règlement des dettes de Cade.

— Mon frère est-il au courant de vos intentions ?

— Non. Mais cela lui sauvera la mise.

— Et… si je refuse ? demanda-t-elle, toute pâle.

Un sourire cruel plissa la bouche d'Andrew. Le même sourire, exactement, que celui de son père ; il en avait conscience.

— Alors votre frère et moi marcherons main dans la main droit vers la porte de l'Enfer. Et c'est vous qui en subiriez les conséquences. Il serait dommage que votre résidence soit vendue pour régler les dettes de Cade. Votre mère en serait fort chagrine. Le dénuement la forcerait à aller vivre en parente pauvre chez des cousins charitables. À son âge… Et vous aussi, vous y seriez contrainte, ajouta-t-il, avant de demander, perfide, en laissant errer son regard sur sa poitrine : À moins que vous ne disposiez de talents monnayables qui vous permettraient de subvenir aux besoins de votre famille ?

— Vous êtes… un monstre !

Elle frémissait, de colère ou de peur, ou peut-être un peu des deux.

Dans le silence qui s'installa, Andrew prit conscience d'un étrange sentiment qui lui donnait envie de faire marche arrière, de la rassurer, de l'apaiser… de lui promettre qu'il ne tolérerait pas qu'il arrive quoi que ce soit, ni à elle ni aux siens… Comme une grosse bouffée de tendresse qui l'aurait assailli et qui demeurait là, bloquée dans sa gorge, malgré tous ses efforts pour l'en déloger.

— Je n'ai pas le choix, de toute façon, jeta-t-elle avant qu'il ait le temps de se raviser.

— Alors… vous êtes d'accord ? Vous m'autorisez à vous faire la cour ?

— Oui, acquiesça-t-elle avec un regard ulcéré. Mais combien de temps cela va-t-il durer ? Des semaines ? Des mois ?

— Jusqu'à ce que le comte me considère de nouveau comme son héritier légitime. Si nous nous montrons persuasifs, cela ne devrait pas prendre très longtemps.

— J'ignore si je vais tenir, répliqua-t-elle en lui jetant un regard plein de haine. Que me faudra-t-il supporter ? Des apartés romantiques ? Des étreintes ? Des baisers ?

À l'entendre, cette perspective lui plaisait autant que celle d'embrasser une chèvre.

— Je vous préviens, je ne permettrai pas que vous ternissiez ma réputation, même pour l'amour de Cade ! ajouta-t-elle, farouche.

— Je n'ai pas encore réfléchi aux détails. Mais non, je n'ai nullement l'intention de vous compromettre. Je veux juste donner l'illusion de vous courtiser, en tout bien tout honneur.

Il était terriblement soulagé qu'elle ait accepté, même s'il s'efforçait de le cacher.

Caroline jaillit du canapé, comme si son corps avait soudain cessé d'obéir aux lois de la pesanteur.

— C'est… intolérable ! balbutia-t-elle, en proie à une vive émotion. Je n'arrive pas à croire que… que je vais devoir… que vous… que nous…

Elle s'interrompit, puis leva les yeux sur Andrew.

— Quand commençons-nous ? Vite, je vous prie. Que cette farce s'achève au plus tôt !

— Votre enthousiasme m'honore. Alors disons... d'ici à quinze jours. Mon demi-frère Logan et son épouse donnent une garden-party dans leur résidence de campagne. Je leur demanderai d'inviter votre famille. Et avec un peu de chance, mon père sera également présent.

— Et nous serons censés jouer la comédie du coup de foudre, c'est cela ?

Elle leva les yeux au ciel. Amusé par son exaspération, il acquiesça.

— Pourquoi pas ? Nombre d'histoires amoureuses ont démarré de cette façon. Et sachez qu'il m'est arrivé à plusieurs reprises de...

— Je vous en prie ! Inutile de m'assommer avec la liste de vos idylles et des détails sordides. Votre présence m'est déjà suffisamment pénible.

— Bon, comme vous voudrez. Dorénavant, c'est vous qui choisirez nos sujets de conversation. Votre frère m'a dit que vous aimiez le jardinage. Nous aurons sans doute des discussions passionnantes sur les vertus d'un bon fumier.

Il eut la satisfaction de voir ses joues de porcelaine se teinter de rose vif sous l'effet de la colère.

— Si je réussis à convaincre une seule personne que vous me plaisez, je jure d'embrasser ensuite la carrière d'actrice, grommela-t-elle entre ses dents.

— Quelle bonne idée ! Il ne serait pas exclu que je puisse vous y aider.

Son demi-frère, Logan Scott, en plus d'être l'acteur le plus célébré du moment, était également directeur et propriétaire du Capital Theater. Bien qu'ils soient amis depuis l'enfance, les deux hommes n'avaient découvert que très récemment leur lien de parenté. Logan était en effet le fils bâtard du comte, fruit de sa liaison avec une jeune comédienne, des années plus tôt.

Andrew avait grandi dans un cadre luxueux et privilégié, alors que Logan vivait dans un bouge, soumis aux maltraitances de sa famille d'accueil. Et Andrew, même s'il n'avait aucune part de responsabilité dans ce malheur, savait qu'il traînerait toute sa vie un sentiment de culpabilité vis-à-vis de son frère.

Caroline le fusillait du regard derrière ses petites lunettes cerclées. Remarquant tout à coup que les verres étaient souillés de traces de doigt, il s'approcha, les subtilisa d'un geste preste.

— Que… Eh, rendez-moi cela ! protesta-t-elle.

— Une seconde.

À l'aide de sa manche de chemise en lin de la plus grande finesse, il nettoya les verres jusqu'à les faire étinceler. Après avoir vérifié leur propreté, il reporta son attention sur le visage de la jeune femme. Sans ses bésicles, ses yeux myopes paraissaient immenses, un peu perdus… Elle semblait vulnérable et, de nouveau, il dut lutter contre un drôle d'instinct de protection, surgi de nulle part.

— Comment voyez-vous sans ? s'enquit-il en les replaçant sur le bout de son nez.

— Pas très bien, avoua-t-elle d'une voix moins assurée.

Dès qu'elle retrouva son acuité visuelle, elle s'écarta d'un mouvement brusque et redevint agressive.

— Et maintenant, je suppose que vous allez vous moquer de moi ?

— Pas du tout. J'aime bien vos lunettes.

— Vraiment ? fit-elle, surprise. Mais... pourquoi ?

— Elles vous font ressembler à une petite chouette sagace.

Andrew voulait lui faire un compliment, mais de toute évidence elle ne le prit pas comme tel. Il ne put s'empêcher de l'imaginer, ne portant rien d'autre que ses lunettes... si pudibonde et collet monté... jusqu'au moment où elle s'abandonnerait à la passion, son corps menu arqué contre...

Il chassa ces images torrides. Sapristi, comment aurait-il pu se douter que cette vieille fille l'exciterait à ce point ? Il faudrait veiller à ce qu'elle ne s'en rende pas compte à l'avenir. Elle n'en éprouverait que plus de dédain à son égard. Et le seul moyen d'y parvenir était de continuer à l'exaspérer.

Apparemment, cela ne devrait pas être trop difficile.

— Vous pouvez partir maintenant, déclara-t-elle d'un ton sec. Je suppose que vous n'avez plus rien à ajouter ?

— Si, encore un dernier point de détail. Pour cette garden-party, vous serait-il possible de vous habiller dans un genre un peu plus... chic ?

Les autres invités – et mon père en particulier – trouveront plus plausible que je m'intéresse à une femme au style vestimentaire un peu plus... un peu moins...

À présent, même les lobes de ses oreilles étaient violets.

— Un peu moins... *quoi* ? siffla-t-elle.

— Eh bien... un style un peu moins... mémère.

Caroline garda le silence quelques secondes. Elle luttait manifestement contre une irrépressible envie de le tuer.

— Je ferai de mon mieux, dit-elle enfin d'une voix étranglée. De votre côté, peut-être pourriez-vous engager un valet de pied à votre service ? Ou bien, si vous en avez déjà un, remplacez-le par quelqu'un de compétent.

Ce fut au tour d'Andrew d'être offensé.

— Et pourquoi cela, je vous prie ?

— Vos cheveux sont trop longs, vos bottes ont besoin d'être cirées, quant à votre façon de vous habiller... Elle m'évoque un lit défait.

— Vraiment ? Et cela vous donne-t-il envie de vous allonger avec moi ?

Il se précipita vers la porte et parvint à refermer le battant avant qu'elle ne balance un vase dans sa direction.

Le fracas de la porcelaine brisée résonna dans toute la maison.

Cade se précipita vers lui et lui jeta un regard interrogatif.

— Drake ! Alors, que s'est-il passé ? A-t-elle accepté ?

— Oui, elle a accepté, confirma Andrew.

Un sourire illumina le visage de son jeune ami.

— Bien joué ! Tu vas pouvoir amadouer ton père, et tout va s'arranger pour nous, mon vieux. Nous allons jouer, boire du champagne et faire la fête... Oh, ce sera épatant !

Andrew toussota.

— Hargreaves, je dois te dire quelque chose. Et je crains que tu ne prennes pas cela très bien...

2

Après le départ de lord Drake, Caroline demeura seule un long moment, à se demander ce qu'elle allait devenir.

Une fois que les gens sauraient que Drake la courtisait, les langues se délieraient. Une union si improbable allait déchaîner les sarcasmes, d'autant plus que, de notoriété publique, Caroline avait toujours été très sourcilleuse sur ses fréquentations.

Pourquoi n'était-elle jamais tombée amoureuse ? Elle aurait été incapable de trouver une réponse à cette question. Elle n'était pas de nature froide ou frivole, et elle entretenait des liens chaleureux avec ses parents et ses amis. Elle aimait danser, bavarder et même flirter à l'occasion. Pourtant, chaque fois qu'elle avait envisagé une relation plus profonde avec un homme, son cœur s'était obstinément claquemuré.

— Bonté divine, mais l'amour n'est pas une condition *sine qua non* au mariage ! s'était souvent exclamée sa mère, excédée. Caroline, tu ne peux pas te permettre d'attendre le grand amour. Tu n'as ni la fortune ni le rang social pour cela !

Il est vrai que son père avait été vicomte, mais, comme la majorité des nobliaux, il n'avait que peu de terres. Les Hargreaves pouvaient seulement se targuer de posséder un titre et une modeste résidence londonienne. Aussi la famille aurait-elle été enchantée si Caroline, fille unique de surcroît, avait épousé un comte, ou pourquoi pas un marquis.

Malheureusement les seuls aristocrates encore disponibles étaient de vieux bougres décrépits, ou des gandins nombrilistes à l'image de lord Drake. Et l'on ne pouvait guère s'étonner que, prise entre Charybde et Scylla, Caroline ait préféré le célibat.

Cette pensée la fit penser à Andrew.

Perdue dans ses réflexions, elle plissa le front. C'était très étrange, pourquoi la troublait-il autant. Ses provocations délibérées faisaient mouche à chaque fois. Il semblait prendre grand plaisir à la mettre hors d'elle, et néanmoins elle ne pouvait s'empêcher de ressentir pour lui une sorte de fascination.

Ce n'était quand même pas à cause de son physique avantageux. Elle n'était pas si frivole. Et cependant elle s'était surprise à ne pouvoir détourner les yeux de ce beau visage marqué par les excès… ces yeux d'un bleu profond cernés à cause du manque de sommeil, la bouche au pli cynique, le teint brouillé qui trahissait l'abus d'alcool. Andrew avait les traits d'un homme déterminé à se détruire. Il était vraiment la pire des fréquentations pour son frère Cade.

Et donc, par voie de conséquence, pour elle.

Ses pensées furent interrompues par l'arrivée de sa mère qui rentrait après avoir rendu visite à des amies.

Les gens qui ne les connaissaient pas étaient souvent surpris d'apprendre qu'elles étaient mère et fille. En effet, hormis leurs yeux noisette, il n'y avait aucune similitude entre elles. Caroline et Cade avaient hérité de l'apparence et du tempérament de leur défunt père. Fanny, en revanche, blonde et ronde, était d'humeur changeante et fantasque, comme une enfant. Il n'était pas aisé d'avoir une conversation avec elle, car elle fuyait tous les sujets sérieux et refusait d'affronter les réalités déplaisantes.

Après avoir confié son chapeau à aigrette et son châle au majordome, Fanny entra dans le salon et s'exclama :

— Ma chère Caroline, comme tu as l'air contrarié ! Pourquoi cette grise mine ? Notre cher Cade t'aurait-il taquinée, selon sa bonne habitude ?

— Notre cher Cade fait de son mieux pour que vous passiez vos vieux jours à l'hospice ! répliqua Caroline d'un ton sec.

Fanny battit des cils, déconcertée.

— J'ai peur de ne pas bien comprendre, ma chérie. Que veux-tu dire ?

— Il a des dettes de jeu, et il est en train de dilapider tout notre argent. Bientôt, il ne restera plus rien dans son escarcelle. Et si nous ne mettons pas un terme à ce comportement dispendieux, nous serons obligés de vendre toutes nos possessions. Je ne suis même pas sûre que cela suffise à rembourser ses créanciers !

Fanny partit d'un petit rire qui trahissait son anxiété.

— Tu te moques de moi, vilaine ! Cade m'a promis de faire attention et de ne plus jouer des sommes folles aux jeux de hasard.

— Eh bien, il n'a pas tenu parole. Et maintenant c'est nous qui allons en payer les conséquences.

Face à la gravité de sa fille, Fanny se laissa tomber sur le divan de brocart rose. Un silence atterré s'ensuivit. Les mains posées sur son giron, la bouche arrondie dans une expression de surprise désemparée, elle demeura immobile un instant, comme une gamine punie, avant de s'écrier brusquement :

— Tout ça, c'est ta faute !

— Ma faute ? répéta Caroline avec incrédulité. Mais comment pouvez-vous dire cela, maman ?

— Nous ne serions pas dans une telle situation si tu t'étais mariée ! En épousant un beau parti, tu aurais fait en sorte d'assurer l'avenir de ton frère. Il aurait pu continuer de s'amuser avec ses amis, sans pour autant nous mettre en danger. Mais tu as attendu trop longtemps et maintenant... ta fraîcheur s'est envolée ! Mon Dieu, tu as presque vingt-sept...

Accablée à l'idée d'avoir une fille encore célibataire à un âge aussi mûr, Fanny s'interrompit, larmoyante. Elle tira un mouchoir en dentelle de sa manche, se tamponna les yeux avec délicatesse.

— C'est la triste vérité, tes plus belles années sont derrière toi, et ta famille doit maintenant affronter la ruine. Tout cela parce que tu n'as pas daigné dénicher un riche mari !

Caroline ouvrit la bouche pour protester, puis poussant un soupir exaspéré elle préféra se taire. À quoi bon argumenter avec une personne aussi étrangère à la notion de logique ? Chaque fois qu'elle s'était disputée avec Fanny, cela n'avait servi qu'à les énerver toutes deux, sans les faire avancer d'un pouce.

— Maman, reprit-elle avec calme, ne pleurez pas. J'ai une bonne nouvelle à vous annoncer. Cet après-midi, j'ai reçu la visite d'un ami de Cade… Lord Drake. Vous vous souvenez de lui ?

— Mon Dieu, non ! Cade a tellement d'amis, je les confonds tous.

— Drake est le seul héritier légitime du comte de Rochester.

Le visage de Fanny s'illumina aussitôt et ses larmes se tarirent comme par miracle.

— Ah, celui-ci ! Oui, je me le rappelle très bien. Quelle fortune va lui léguer son père ! Un très bel homme, si ma mémoire est bonne, avec des cheveux bruns un peu longs, des yeux bleus…

— … et les manières d'un porc, conclut Caroline.

— Ma chère Caroline, avec un tel héritage en perspective, on peut se permettre quelque manquement à l'étiquette. Dis-moi plutôt ce que t'a raconté lord Drake lors de sa visite ?

Caroline hésita. Elle ne pouvait pas révéler à Fanny que lord Drake ferait semblant de la courtiser. Sa mère était une vraie pipelette, et il suffirait de quelques jours – voire quelques heures – pour qu'elle vende la mèche au premier venu.

— Il a exprimé son intention de me faire la cour, déclara Caroline d'une voix égale. Dans cette optique, vous et moi allons l'autoriser à nous escorter à la garden-party organisée par M. et Mme Logan Scott, qui aura lieu d'ici à quinze jours.

La nouvelle était trop extraordinaire pour que Fanny puisse l'assimiler d'un coup.

— Caroline... le fils d'un comte... qui s'intéresse à toi... J'ose à peine y croire ! Mon Dieu, mais... c'est un miracle, pas moins ! Et s'il va jusqu'à demander ta main... Seigneur, tout cet argent dont tu disposeras ! Toutes ces propriétés, ces bijoux ! Tu auras ta propre voiture, des comptes dans les meilleures boutiques de Londres... Oh, ce serait la solution à tous nos problèmes !

— En effet, acquiesça Caroline, toujours impassible. Mais ne vous emballez pas, maman. Pour le moment lui et moi nous connaissons à peine, et il n'y a aucune garantie que tout cela se conclue par un mariage.

— Oh, mais si, j'en suis sûre ! Je le sens, j'ai un bon pressentiment !

Fanny s'était levée d'un bond, tout excitée, ses boucles blondes voletant autour de sa tête, sa silhouette replète dansant presque autour du canapé.

— Maintenant Caroline, il va falloir m'écouter et faire exactement ce que je te dis, si tu veux harponner ce futur comte et le faire tomber dans ta nasse. Tu vas te montrer charmante, flatter sa vanité, lui jeter des regards admiratifs... et surtout ne jamais, au grand jamais, le contredire ! Et puis, il va falloir faire quelque chose pour ton décolleté...

— Mon décolleté ? répéta Caroline, interloquée.

— Je vais rembourrer la doublure de tous tes corsages. Tu es charmante, ma chérie, mais on ne peut nier que tu aies besoin de quelques artifices...

Partagée entre l'indignation et l'hilarité, Caroline secoua la tête avec un sourire mélancolique.

— Le rembourrage ne trompera personne. Surtout pas un spécialiste comme lord Drake. Et même si je parvenais à l'abuser, ne croyez-vous pas qu'il serait terriblement déçu lors de notre nuit de noces de découvrir qu'il a été floué sur la marchandise ?

— Sans doute, mais alors il sera trop tard pour qu'il puisse faire la moindre réclamation, remarqua sa mère avec son pragmatisme coutumier. Et ce ne serait pas vraiment une arnaque, ma chérie. Tout le monde est supposé se présenter sous son meilleur jour. C'est bien de cela dont il est question quand une femme se laisse courtiser. L'astuce est de masquer tous les petits défauts susceptibles de rebuter un homme et d'afficher un air de mystère troublant, jusqu'à lui mettre le grappin dessus.

— Eh bien, pas étonnant que je n'aie jamais trouvé de mari ! soupira Caroline. J'ai toujours essayé de faire preuve de la plus grande franchise avec les messieurs.

Sa mère la regarda, affligée.

— J'ignore qui a bien pu te donner de telles idées, ma chérie. La franchise n'a jamais attisé l'ardeur d'un homme.

— Bien, j'essaierai de m'en souvenir, acquiesça Caroline en réprimant l'éclat de rire qui lui montait dans la gorge.

— La voiture est arrivée ! cria Fanny, embusquée derrière la fenêtre du salon. Oh, elle est si élégante ! Une berline quatre places, toute en laque rouge, avec un grand coffre en cuir, modèle Salisbury. Et pas moins de quatre bêtes d'attelage ! Dépêche-toi Caroline, viens voir !

— J'ignorais que vous étiez si calée en voitures, maman.

Caroline vint rejoindre sa mère près de la fenêtre. Son estomac se noua à la vue du blason des Rochester peint sur la portière.

L'heure du lever de rideau était venue.

— Où est Cade ? demanda-t-elle.

— Dans la bibliothèque, je crois, répondit distraitement Fanny, sans quitter la voiture des yeux. Ce cher, cher lord Drake ! De tous les amis de Cade, il a toujours été mon préféré.

Caroline rit en dépit de sa nervosité.

— Vous ne vous rappeliez même plus son nom avant que je vous le dise !

— Peut-être, mais je me rappelais à quel point je l'appréciais.

Caroline hocha la tête d'un air ironique, avant de gagner la petite bibliothèque où sa précieuse collection de livres était rangée avec soin dans les rayonnages d'acajou.

La carafe de cognac à la main, Cade était en train de se servir un verre.

— Tu es prêt à partir ? s'enquit-elle. La voiture de lord Drake vient d'arriver.

La mine dégoûtée, il se tourna vers elle.

— Non, je ne suis pas prêt. Quand j'aurai bu la totalité de la carafe, peut-être.

— Allons, viens. Ce n'est qu'une garden-party. À te voir, on dirait qu'on va t'envoyer en prison !

— Drake n'est pas mon ami, marmonna Cade. Il s'est arrangé pour me priver de tout ce que j'aime dans l'existence. Je suis banni de tous les cercles de jeu en ville. J'en suis réduit à jouer au vingt et un pour quelques misérables shillings. Comment puis-je espérer me refaire pour rembourser mes dettes ?

— En travaillant, peut-être ? suggéra Caroline, pince-sans-rire.

Cade ricana comme si elle venait de proférer une énormité.

— Aucun Hargreaves ne s'est abaissé à faire du commerce depuis au moins quatre générations.

— Tu aurais dû y penser avant de gaspiller tout ce que papa nous a laissé. Rien ne nous obligerait à aller à cette partie de campagne, et je ne serais pas forcée de faire semblant de m'intéresser à un homme que je déteste.

Penaud, Cade se détourna.

— Je suis désolé, Caroline. La chance était en train de tourner. Je suis sûr que j'aurais empoché une belle somme si seulement…

— Oh, Cade…

Elle s'approcha, l'entoura de ses bras et pressa sa joue contre son dos.

— Il ne nous reste plus qu'à faire de notre mieux, maintenant, dit-elle encore. Nous allons rendre visite aux Scott, je passerai le week-end à faire les yeux doux à lord Drake, et tu seras charmant avec tout le monde. Dès que le comte aura de nouveau couché lord Drake sur son testament, il réglera tes dettes. La vie reprendra alors son cours normal.

Ils furent interrompus par la voix du majordome.

— Mademoiselle Hargreaves, lord Drake vient d'arriver. Dois-je l'introduire dans le salon ?

— Ma mère est-elle toujours là-bas ?

— Non mademoiselle, elle est montée chercher son manteau de voyage et sa capeline.

Caroline, qui préférait ne pas se retrouver seule avec Drake, se tourna vers Cade.

— Tu viens accueillir ton ami ?

Mais apparemment Cade n'était pas plus impatient qu'elle de le voir.

— Non, je dois donner des consignes aux valets pour charger nos malles et nos sacs dans la voiture. C'est toi qui vas distraire lord Drake, ma chère sœur. Après tout, enchaîna-t-il, narquois, c'est ce que tu vas faire tout le week-end. Autant commencer à t'entraîner tout de suite.

Caroline poussa un soupir irrité et s'en alla.

À son entrée dans le salon, elle aperçut la haute silhouette d'Andrew, tournée vers le mur. Il admirait un tableau représentant un paysage.

— Bonjour, milord. Je suppose que...

Elle s'interrompit brusquement au moment où il se retournait. Pendant une fraction de seconde, elle pensa même que ce visiteur n'était pas lord Drake, mais quelqu'un d'autre.

Abasourdie, il lui fallut un moment pour assimiler tous les changements qui s'étaient opérés en lui.

Les cheveux bouclés avaient été coupés court, dégageant sa nuque et ses tempes. Son visage était rasé de près, ce qui mettait en valeur ses pommettes saillantes. Sans doute avait-il enfin passé du temps au grand air, car son teint auparavant livide était hâlé. Et ses yeux... Les cernes sombres avaient disparu, tout comme ces petits vaisseaux dans le blanc de l'œil. On ne voyait plus que ses iris bleu saphir, limpides, qui en cet instant laissaient transparaître une pointe de... quoi donc, au juste ? D'incertitude, peut-être ?

Quoi qu'il en soit, Caroline était fort déstabilisée. L'homme qui se tenait devant elle avait l'air jeune, plein de vigueur. Il n'avait plus rien à voir avec celui qui lui avait parlé dans ce même salon, quinze jours plus tôt.

Puis il prit la parole, et elle comprit alors que, si son apparence avait changé, il était toujours aussi odieux.

— Mademoiselle Hargreaves, Cade vous a sûrement signalé que je m'étais attaché à remplir ma part du contrat. À votre tour, maintenant. Je compte sur vous pour minauder et me dévorer du regard. J'espère que vous vous êtes entraînée.

Au prix d'un effort non négligeable, Caroline parvint à se ressaisir.

— Minauder ? Vous dévorer du regard ? répéta-t-elle. C'est un peu exagéré, ne trouvez-vous pas ? Je croyais que vous deviez juste donner « l'illusion de me courtiser ». Ce sont les mots exacts que vous avez employés, n'est-ce pas ?

— Cette semaine, j'ai passé en revue la comptabilité complète des dettes de Cade. Vu ce que je vais devoir payer en son nom, le moins que vous puissiez faire est de roucouler en battant des cils !

— Vous êtes seul responsable de cette montagne de dettes, rétorqua-t-elle. Si vous n'aviez pas poussé Cade à vous accompagner dans vos sorties et à céder si souvent au vice du jeu…

— Ce n'est pas entièrement ma faute. Mais bon, nous n'allons pas nous disputer à ce sujet. Prenez vos affaires et allons-y.

Caroline acquiesça d'un hochement de tête raide, sans pouvoir se résoudre à bouger. Ses jambes flageolaient, et elle craignait de tomber si elle s'avisait de faire un pas en avant.

Son cœur battait la chamade. Elle avait si chaud. Jamais elle n'avait éprouvé de tels symptômes. Jamais la proximité d'un homme ne l'avait autant perturbée.

Elle mourait d'envie de le toucher, d'effleurer sa joue, de poser ses lèvres sur sa bouche ferme, jusqu'à effacer ce pli sardonique sous ses baisers fiévreux...

La panique l'envahit. Non, impossible ! Elle ne pouvait pas se mettre dans un tel état pour un être aussi immoral et dépravé que lord Drake.

Ses yeux écarquillés durent le mettre mal à l'aise, car il commença à se dandiner d'un pied sur l'autre, puis il lui lança un regard torve.

— Qu'est-ce que vous regardez comme ça ?

— Vous. Tous les boutons de votre veste m'ont l'air correctement boutonnés. Vous êtes coiffé. Et pour une fois vous n'empestez pas l'alcool. Permettez-moi d'être surprise. Vous passeriez presque pour un vrai gentleman. Même si votre caractère ne s'est, hélas, pas bonifié.

— J'ai des raisons d'être de mauvaise humeur. Cela fait deux semaines que je n'ai pas bu un verre ni culbuté une pu... ni passé du temps en galante compagnie. Je consacre presque toutes mes journées à notre domaine. J'ai rendu visite aux fermiers et aux contremaîtres, j'ai consulté les livres de comptes jusqu'à ce que les yeux me sortent de la tête. Avec un peu de chance, je crèverai bientôt d'ennui. Sinon je risque fort de me tirer moi-même une balle dans la tête ! Et pour couronner le tout, il faut que j'aille faire le zouave à cette maudite garden-party.

— Pauvre Drake ! fit-elle d'un air apitoyé. C'est terrible d'avoir du sang noble, n'est-ce pas ? Mais sachez que l'abstinence et la sobriété vous vont à merveille.

— Je m'en passerais bien, marmonna-t-il.

— Je m'en doute.

Elle souriait. Il se radoucit soudain et, avant qu'elle puisse l'en empêcher, il lui confisqua ses lunettes.

— Milord, je vous en prie, rendez-moi ça ! Je ne vois rien sans...

— Pas étonnant que vous ayez une mauvaise vue, à vous balader avec des lunettes sales.

Sans écouter ses protestations, il tira un mouchoir plié de sa poche et entreprit de nettoyer les verres avec un soin méticuleux. Enfin il consentit à les remettre en place sur le nez de Caroline.

— Je voyais parfaitement bien...

— Il y avait une trace de doigt en plein milieu du verre droit.

— Dorénavant j'apprécierais que vous me signaliez simplement le fait, plutôt que de m'arracher mes lunettes comme vous venez de le faire. Il ne faudrait pas que cela devienne une habitude.

Elle avait conscience de se montrer désagréable et impolie, mais elle se sentait obligée d'entretenir une certaine hostilité envers cet homme. Sinon elle risquait de se couvrir de ridicule... par exemple en courant se jeter à son cou pour l'embrasser.

Il était si séduisant... Sa simple vue suffisait à lui donner le frisson. C'était incompréhensible.

Elle avait toujours cru qu'il fallait éprouver de l'affection pour un homme avant de ressentir de l'attirance physique. Mais de toute évidence son corps n'était pas à l'unisson de son esprit car, que cela lui plaise ou non, elle le désirait. Elle voulait sentir ses grandes mains sur sa peau, ses lèvres sur son cou, sur ses seins…

Ses joues s'enflammèrent. La sensation de chaleur gagna son front, sa gorge… Et bien sûr, il s'en rendit compte. Par chance, il ne fit aucun commentaire sarcastique et se contenta de répondre à sa remarque.

— Très bien. Après tout, si vous êtes bigleuse au point de vous cogner contre les murs, ça m'est complètement égal.

C'était bien la première fois qu'Andrew voyageait en de telles circonstances. Trois heures durant, il avait dû supporter le regard accusateur de Cade, qui n'aurait pas traité autrement Judas en personne, alors qu'il avait quand même promis d'éponger la totalité de ses dettes dans un avenir proche.

Et puis il y avait la mère, Fanny, sans aucun doute la pire écervelée qu'il ait croisée de sa vie. Elle avait bavassé tout au long du trajet dans d'interminables monologues qui, apparemment, ne nécessitaient pas d'autres réponses qu'un vague grognement de temps à autre.

Chaque fois qu'il avait commis l'erreur de commenter une de ses déclarations, elle était repartie à soliloquer de plus belle.

Pendant ce temps, Caroline, assise face à lui, restait silencieuse et sereine en apparence, comme hypnotisée par la contemplation du paysage et totalement indifférente à la curiosité d'Andrew qui la dévisageait ouvertement.

Elle portait une robe bleue sur laquelle elle avait jeté un court mantelet. Son corsage ne dévoilait pas un centimètre carré de peau. Il fallait avouer qu'elle n'avait pas grand-chose à montrer, et cependant Andrew se sentait tout émoustillé par ce décolleté, si pudique soit-il.

Sa peau claire, au grain de porcelaine… et ce petit creux exquis, à la base du cou… Cette vision lui fouettait le sang.

Elle était vraiment menue. On aurait presque dit une poupée, et néanmoins elle le fascinait, au point qu'il avait une érection, même en présence de sa mère et de son frère.

— Que regardez-vous ? finit-il par demander, irrité par son refus obstiné de croiser son regard. Vous trouvez donc les vaches et le bocage anglais si passionnants ?

— Je suis obligée de fixer mon attention sur le paysage, répliqua-t-elle sans bouger la tête d'un pouce. Dès que je me focalise sur quoi que ce soit d'autre à l'intérieur de la voiture, cela me rend malade, surtout quand il y a des cahots sur la route. C'est comme ça depuis que je suis toute petite.

— Caroline, il faut vraiment que tu te soignes, intervint Fanny. Ce doit être extrêmement vexant pour un homme du monde tel que lord

Drake de te voir regarder fixement par la vitre plutôt que de participer à notre conversation.

Andrew ravala un sourire en s'entendant décrire comme « un homme du monde ».

— Elle ne va pas changer maintenant, maman, déclara Cade à son tour. Et à mon humble avis, Drake préfère la voir s'intéresser au paysage plutôt que vomir tripes et boyaux sur ses chaussures.

— Cade ! Quelle vulgarité ! se récria Fanny. Présente tout de suite tes excuses à lord Drake.

— Ce n'est pas la peine, assura Andrew.

Fanny lui adressa un large sourire.

— C'est si magnanime de votre part, milord. Mon fils a vraiment de mauvaises manières. Quant au mal des transports, soyez rassuré, je suis sûre que cela ne se transmet pas d'une génération à l'autre.

— Eh bien, voilà une excellente nouvelle. Toutefois cela ne me dérange pas du tout que Mlle Hargreaves regarde par la fenêtre. Cela me permet d'admirer son joli profil.

Caroline leva les yeux au ciel, avant de se replonger dans la contemplation du paysage. Toutefois la commissure de ses lèvres frémit. Le compliment l'avait amusée.

Ils finirent par atteindre leur destination. La propriété des Scott, véritable joyau architectural, était nichée au cœur d'un écrin de verdure. Sur l'avant s'étendait un parc paysager, sur l'arrière une chênaie. Un fronton soutenu par huit piliers de pierre ornait la façade percée de multiples fenêtres aux vitres étincelantes. On aurait cru une résidence royale, ce qui convenait assez bien à Logan Scott. N'était-il pas une sorte de monarque ? Le roi de la scène londonienne.

Caroline avait eu la chance de le voir jouer au Capital Theater. Comme tous les spectateurs, elle l'avait trouvé excellent, d'une présence et d'un charisme formidables. On disait que son interprétation de Hamlet surpassait même celle du légendaire David Garrick, et que son nom serait un jour cité dans les manuels d'histoire.

Alors qu'Andrew l'aidait à descendre de voiture, Caroline leva les yeux sur la maison et murmura :

— Comme c'est curieux que M. Scott soit votre demi-frère ! Lui ressemblez-vous beaucoup ?

— Pas du tout. Logan a commencé dans la vie avec les mauvaises cartes, et il s'est élevé au sommet de son art uniquement grâce à son talent et à sa détermination. Alors que je suis né une cuillère d'argent dans la bouche et que je n'ai jamais rien accompli de toute ma piètre existence.

Ils s'étaient tous deux exprimés à mi-voix, d'un ton trop bas pour que Cade ou Fanny puissent entendre leurs propos.

— Êtes-vous jaloux de lui ? ne put-elle s'empêcher de demander.

Les traits d'Andrew trahirent sa surprise. Visiblement il n'avait pas l'habitude que les gens soient si directs avec lui.

— Non, comment le pourrais-je ? Logan mérite amplement tout ce qu'il a. De plus, il s'est montré très patient avec moi. Il m'a même pardonné d'avoir essayé de le tuer.

— Pardon ? Vous… vous plaisantez, n'est-ce pas ?

Il sourit devant ses yeux écarquillés.

— Je n'aurais pas été au bout de mon geste, tranquillisez-vous. J'étais saoul comme un Polonais, et je venais d'apprendre qu'il savait que nous étions frères et me l'avait caché. Alors, je l'ai poursuivi dans son théâtre, armé d'un pistolet.

— Seigneur… vous vous conduisez comme un fou !

— Non, je n'étais pas fou, juste ivre. Ne vous inquiétez pas, très chère, j'ai décidé de ne pas boire pendant un bon bout de temps. Et même si je craquais, je ne constituerais pas un danger pour vous.

Très chère. Sa façon de prononcer ces mots, à voix basse, comme s'ils étaient intimes, la bouleversa. Cette familiarité avait quelque chose de choquant, et cependant ils étaient là précisément dans ce but : donner l'impression d'une grande complicité entre eux.

Ils pénétrèrent dans un hall d'entrée somptueux avec des panneaux de lambris en bois sombre et des tapisseries chatoyantes, où l'épouse de M. Scott, Madeline, les accueillit.

La jeune femme était absolument ravissante avec ses cheveux d'un châtain doré coiffés en chignon et ses yeux noisette pétillants. Elle salua Andrew avec une exubérance juvénile. De toute évidence, ces deux-là éprouvaient une grande affection l'un pour l'autre.

Elle lui prit les mains et lui tendit la joue pour qu'il l'embrasse.

— Lord Drake ! Vous avez l'air en pleine forme. Cela fait au moins un mois que nous ne vous avons pas vu. Je suis terriblement offensée que vous soyez resté si longtemps éloigné.

Andrew sourit à sa belle-sœur, avec tant de chaleur que son visage s'en trouva métamorphosé.

— Comment va ma nièce ? s'enquit-il.

— Vous ne la reconnaîtrez pas, j'en suis sûre. Elle a pris au moins cinq centimètres, et elle a percé une dent.

Madeline le lâcha enfin pour se tourner vers Cade, Fanny, et Caroline. Elle exécuta une révérence gracieuse.

— Milord, lady Hargreaves, mademoiselle Hargreaves, je vous souhaite le bonjour. Mon mari et moi sommes enchantés que vous ayez accepté de vous joindre à nous ce week-end. Les amis de lord Drake sont toujours les bienvenus chez nous.

— Vous avez toujours détesté mes amis ! rétorqua Andrew, ce qui lui valut un petit froncement de sourcils de la part de Madeline.

— Eh bien, vos amis habituels... c'est vrai, convint-elle. Mais pas ceux-ci !

— Madame Scott, intervint Caroline en souriant, je vous promets que nous n'avons aucun point commun avec les compagnons de beuveries qui escortent d'ordinaire lord Drake.

— Oh, tant mieux ! fit Madeline Scott avec un soupir de soulagement exagéré.

Toutes deux éclatèrent de rire.

— Eh, une minute ! s'interposa Andrew mi-figue, mi-raisin. Il n'était pas prévu que vous deveniez tout de suite de bonnes amies. Vous seriez bien avisée de vous tenir à l'écart de ma belle-sœur, mademoiselle Hargreaves. C'est une vraie commère.

— C'est vrai, confirma Madeline avec un sourire de connivence à l'intention de Caroline. Et d'ailleurs lord Drake est mon meilleur sujet pour ce qui est des potins. Sa vie est très divertissante, vous verrez.

Fanny, qui jusqu'à présent avait contemplé la magnifique demeure bouche bée, recouvra soudain l'usage de la parole.

— Madame Scott, nous avons tellement hâte de faire la connaissance de votre célèbre mari ! Un homme si talentueux, si remarquable…

Une voix masculine se joignit à la conversation ; une voix si profonde et si particulière qu'elle ne pouvait appartenir qu'à un seul homme.

— Vous me faites vraiment trop d'honneur, madame.

Logan Scott s'était approché. Très élégant dans son pantalon gris perle, sa veste noire ajustée et sa cravate d'un blanc immaculé nouée de manière sophistiquée, comme le voulait la mode, il avait autant de prestance et de charme dans la vie que lors de ses apparitions sur scène.

Lorsqu'on le comparait à son demi-frère, on remarquait effectivement une certaine ressemblance. Tous deux étaient grands, voire imposants, et leurs traits affirmés révélaient un caractère fort. Néanmoins Andrew avait des cheveux d'un noir de jais, alors que ceux de Logan Scott étaient châtains, avec des reflets dorés. Andrew avait également le teint plus foncé que son demi-frère.

À les voir côte à côte, Caroline songea que la principale différence entre les deux hommes résidait dans leur attitude. À l'évidence, Logan Scott avait l'habitude d'être le point de mire de l'assemblée. Sûr de lui, peut-être un tantinet cabot, il affichait une très grande décontraction et semblait emplir la pièce à lui seul.

En revanche, Andrew était beaucoup plus réservé et gardait ses émotions bien cachées sous une façade impavide.

— Bonjour, mon frère, murmura Logan Scott, alors qu'ils échangeaient une solide poignée de main qui traduisait leur affection mutuelle.

Andrew présenta Scott à la famille Hargreaves, et Caroline s'amusa de voir que la proximité de cette légende vivante des planches réduisait une fois de plus sa mère à un silence hébété.

Le regard pénétrant de Scott glissa d'un invité à l'autre, jusqu'à se fixer finalement sur Andrew.

— Notre père est là, lui annonça-t-il.

Les deux frères échangèrent un regard qu'il était bien difficile d'interpréter. Il était clair que chacun comprenait un sous-entendu qui échappait totalement aux autres personnes présentes.

— Comment va-t-il ? demanda Andrew.

— Aujourd'hui, mieux. Il a eu moins besoin de son remède cette nuit. Et il se repose encore, afin de ménager ses forces pour le bal de ce soir.

Néanmoins, il tenait à te voir dès ton arrivée. Veux-tu que je te conduise dans sa chambre ?

— Je suppose que j'ai encore commis une centaine de méfaits dont il va me dresser la liste détaillée, soupira Andrew. Je ne vais quand même pas le priver d'un tel plaisir.

— Tant mieux, approuva Scott, caustique. Personnellement, j'ai déjà dû subir un sermon ce matin, je ne vois pas pourquoi tu serais épargné.

Andrew s'adressa à Caroline.

— Voulez-vous bien m'excuser, mademoiselle Hargreaves ?

— Bien sûr. J'espère que tout se passera bien, milord.

Elle ne put s'empêcher de lui adresser un petit sourire d'encouragement. Leurs regards se nouèrent, et elle vit sa physionomie changer. Son regard s'adoucit et devint d'un bleu plus limpide.

— À plus tard, alors, murmura-t-il, avant de s'incliner pour prendre congé.

De nouveau la sensation de chaleur se réveilla dans la poitrine de Caroline, accompagnée d'un léger vertige. Logan Scott n'était visiblement pas le seul homme de la famille à avoir un don pour la comédie, se moqua-t-elle en son for intérieur. Andrew jouait son rôle de manière si convaincante qu'on aurait pu croire qu'il s'intéressait vraiment à elle.

Elle-même aurait presque pu s'y laisser prendre. Mais tout cela n'était qu'un jeu, elle ne devait pas l'oublier. Il était question d'argent, non pas de romance, et Andrew n'avait rien d'autre en tête.

Andrew et Logan traversèrent le hall dallé de marbre, sous le haut plafond à moulures ornementé de scènes mythologiques.

À l'approche du grand escalier qui s'élevait majestueusement vers l'étage, Logan remarqua :

— Ta Mlle Hargreaves a l'air d'une bien charmante personne.

— Ce n'est pas « ma » Mlle Hargreaves, objecta Andrew.

— Elle est plutôt jolie. Un petit modèle, mais elle semble avoir l'esprit vif.

— Oh, ça oui, elle n'en manque pas !

— Curieux.

— Quoi ? Qu'est-ce qui est curieux ? demanda Andrew d'un ton exaspéré.

— À ma connaissance, c'est la première fois que tu courtises une vraie dame.

— C'est pour de faux. Une ruse destinée à abuser notre père, l'informa Andrew.

Logan pila net et lui jeta un regard stupéfait.

— Quoi ? Aurais-tu l'amabilité de t'expliquer, Andrew ?

— Comme tu le sais, j'ai été rayé du testament. Pour rentrer dans les bonnes grâces de père, je dois lui faire gober que j'ai changé ma façon de vivre. Sinon je vais me retrouver sans un sou.

Sur ce, Andrew lui expliqua le pacte qu'il avait passé avec Mlle Hargreaves. Logan l'écouta avec attention et, finalement, partit d'un grand éclat de rire.

— En tout cas, je crois que tu as misé sur le bon numéro en t'intéressant à Mlle Hargreaves, commenta-t-il.

— Je ne m'intéresse pas à elle, se défendit Andrew. Ce n'est qu'une comédie, je te le répète.

Logan fronça les sourcils.

— Je soupçonne qu'il y a plus que cela entre vous, Andrew. Que tu sois prêt à l'admettre ou pas.

— Nous jouons un jeu, et il n'y a rien entre nous. Combien de fois faudra-t-il te le dire ? Et quand bien même j'aurais des vues sur elle... je serais vraiment le dernier homme sur terre à lui plaire ! conclut Andrew avec une moue désabusée.

3

— Même pas s'il était le dernier homme sur terre ! répondit Caroline à son frère en le fusillant du regard. Comment veux-tu que j'éprouve la moindre inclination envers ce... ce débauché, Cade ? Ne sois pas obtus, enfin ! Tu sais très bien que tout ça n'est qu'une vaste plaisanterie.

— Oui, je le pensais, murmura Cade, jusqu'à ce que je vous voie face à face dans la voiture, tout à l'heure. Et maintenant je commence à douter. Drake te regardait comme un chat regarde une souris. Il ne te lâchait pas des yeux !

Caroline ne put s'empêcher d'éprouver un picotement de plaisir. Elle se tourna vers la psyché, fit bouffer inutilement les manches courtes de sa robe de soirée bleu pâle.

— S'il me regardait, c'était sûrement pour se distraire de la logorrhée verbale de maman, répliqua-t-elle.

— Et j'ai bien vu comment tu lui as souri ensuite, juste avant qu'il n'aille rendre visite à son père. Tu avais l'air complètement sous le charme.

Caroline laissa échapper un rire incrédule.

— Sous le charme ? Cade, cesse de dire des sottises. Non seulement je ne suis pas « sous le charme » de lord Drake, mais je supporte à peine de rester dans la même pièce que lui !

— Alors pourquoi t'es-tu mise sur ton trente et un ? Pourquoi cette robe neuve et cette coiffure ? On dirait bien que tu essaies d'attirer son attention.

Caroline observa son reflet d'un œil critique. Sa robe était simple mais élégante, avec sa jupe en mousseline blanche légère sur laquelle était drapée une soie bleue translucide. Le décolleté carré, galonné de petites perles d'argent, descendait bas sur la poitrine. Ses cheveux blonds tressés formaient une couronne entrelacée de rubans bleus, dont s'échappait une cascade d'anglaises.

Elle n'avait jamais été si apprêtée de toute sa vie, et elle le savait pertinemment.

— Je me suis acheté une nouvelle robe parce que j'en ai assez de ressembler à... à une mémère ! rétorqua-t-elle. Ce n'est pas parce que je suis une vieille fille que je dois m'attifer n'importe comment.

Son frère la prit affectueusement par le bras.

— Caroline, tu es une vieille fille parce que tu le veux bien. Tu es ravissante et, si tu n'as pas encore trouvé de mari, c'est juste que pour le moment tu n'as pas jugé bon de donner sa chance à un homme.

Elle l'étreignit brièvement, soucieuse de ne pas froisser sa robe.

— Merci, Cade, dit-elle avec tendresse. Et pour que tout soit bien clair, je ne m'intéresse pas à lord Drake. Je te l'ai dit au moins une bonne douzaine de fois, nous jouons la comédie. Comme si nous étions sur scène.

Il la regarda d'un air sceptique.

— Très bien. Mais à mon avis vous mettez tous deux dans votre interprétation bien plus de zèle qu'il n'est nécessaire.

Caroline descendit l'escalier.

Un brouhaha festif s'échappait du rez-de-chaussée.

Les notes guillerettes d'une valse s'égrenaient, mêlées au flot des rires et des bavardages des invités qui circulaient entre les pièces réparties autour du hall central.

L'atmosphère était imprégnée du parfum des bouquets de lys et de roses, disposés un peu partout. Et par les portes-fenêtres ouvertes s'infiltrait une douce brise vespérale.

La main gantée de Caroline glissait le long de la rampe en marbre sculpté. De son autre main, elle agrippait le bras de Cade. Bizarrement, elle se sentait nerveuse. Elle se demandait si cette soirée en compagnie d'Andrew serait un calvaire ou un enchantement.

À leur côté, Fanny pépiait tout excitée, citant les noms des invités qu'elle avait déjà croisés et parmi lesquels on comptait plusieurs pairs du royaume, des hommes politiques, un artiste renommé et un auteur de théâtre en vue.

Comme ils atteignaient le palier inférieur, Caroline aperçut Andrew qui les attendait au pied de l'escalier. Les bougies allumées jetaient des reflets brillants dans ses cheveux sombres.

Comme s'il avait perçu sa présence, il leva la tête et, à sa vue, un sourire illumina son visage, découvrant ses dents à la blancheur éclatante.

Le cœur de Caroline se mit à battre la chamade.

Il était habillé de manière très classique pour une soirée, chemise blanche, veste noire, gilet gris ajusté et cravate amidonnée. Cela lui allait si bien qu'il avait presque l'air d'un prince de conte de fées. Il était aussi élégant et raffiné que les autres invités, avec en plus le charme diabolique de ses yeux d'un bleu perçant. Et lorsqu'il la regardait, elle n'avait pas du tout l'impression qu'il jouait un jeu.

La triste vérité, c'est qu'elle était excitée, heureuse, presque envoûtée.

— Mademoiselle Hargreaves, vous êtes ravissante, murmura-t-il après avoir salué Fanny et Cade.

Il lui offrit son bras et la guida en direction de la salle de bal.

— Ça va, ma robe vous plaît-elle ? Elle ne fait pas trop mémère, j'espère ? demanda-t-elle d'un ton sarcastique.

Il esquissa un sourire.

— Pas le moins du monde. À propos, je n'ai jamais trouvé que vous ressembliez à une mémère. C'était juste pour vous embêter.

— Et vous avez parfaitement réussi. Mais... pourquoi, alors ? s'étonna-t-elle.

— Parce qu'il est plus facile de manier l'ironie que de...

Il s'interrompit.

— Plus facile que quoi ? le pressa-t-elle, dévorée de curiosité.

Ignorant la question, il l'entraîna dans une valse, et Caroline se laissa griser par la mélodie langoureuse.

Elle était plutôt bonne danseuse, mais Andrew était un cavalier exceptionnel. Danser avec un homme qui savait s'y prendre était un vrai plaisir.

Son bras la soutenait, ses gestes étaient à la fois doux et autoritaires, alors qu'il la faisait pirouetter d'une main sûre.

Caroline avait vaguement conscience des regards posés sur eux. Les invités devaient être sidérés que cette canaille de lord Drake fasse valser l'ennuyeuse Mlle Hargreaves. Ils n'étaient pas du tout assortis, et cependant...

Était-ce finalement si absurde qu'un gredin et un bas-bleu soient attirés l'un par l'autre, tels les pôles contraires d'un aimant ?

Elle ne put s'empêcher de le complimenter.

— Vous dansez merveilleusement bien.

— Évidemment. J'excelle dans toutes les activités frivoles. C'est lorsque les choses deviennent sérieuses que cela me pose un problème.

— Il n'en ira peut-être pas toujours ainsi.

— Oh si ! murmura-t-il avec un sourire de dérision.

Un petit silence gêné s'ensuivit.

— Et votre père ? A-t-il quitté sa chambre ? demanda-t-elle au bout d'un moment. Si nous dansons ensemble, il faudrait qu'il nous voie, non ?

— J'ignore où il est. Et franchement, je m'en moque totalement, répliqua Andrew.

À l'étage, sur la galerie qui surplombait la salle de bal, Logan Scott était en train de donner des consignes à deux valets, qui installaient sur une méridienne confortable son père, le corps décharné et rongé par la maladie.

Une domestique s'était postée non loin sur une chaise, prête à répondre au moindre désir du comte.

On posa une couverture légère sur les genoux de Rochester et l'on plaça à côté de sa main noueuse, semblable à une serre, un verre de vin fin de la vallée du Rhin.

Logan observa le vieil homme un moment, secrètement stupéfait que ce personnage tout-puissant, qui l'avait terrorisé durant toute sa jeunesse, fût devenu si fragile.

Le visage autrefois altier, aux traits ciselés proches de la perfection, s'était fripé et affaissé, pâle et hâve. Le corps puissant, aux muscles vigoureux, s'était ratatiné, au point qu'il était désormais incapable de marcher sans aide.

On aurait pu croire que l'approche inéluctable de la mort lui aurait adouci le caractère, l'incitant à exprimer des regrets pour ses actions passées. Mais, fidèle à lui-même, Rochester ne se reniait jamais.

Logan éprouva un élan de commisération pour son demi-frère – et ce n'était pas la première fois. Il avait beau avoir lui-même grandi chez un métayer brutal, dans un milieu défavorisé, en définitive il s'en était mieux tiré qu'Andrew, traumatisé à vie par la cruauté de ce père. Logan se demandait même parfois comment il avait fait pour survivre à une telle enfance.

Logan s'arracha à ses pensées et scruta la foule de danseurs qui évoluaient sur la piste en contrebas. Il repéra la haute silhouette de son frère. Celui-ci valsait avec Mlle Caroline Hargreaves.

Cette délicate jeune femme semblait l'avoir ensorcelé. Pour une fois, Andrew ne semblait pas aigri, morose ou rongé d'ennui. Il avait vraiment l'air de prendre du bon temps.

Logan se glissa derrière la méridienne tapissée de velours grenat et la saisit par le dossier pour la faire légèrement pivoter, afin que son père ait une meilleure vision de la salle de bal.

— Voici la jeune personne qu'Andrew a invitée, dit-il en désignant le couple.

La bouche de Rochester se pinça pour ne plus former qu'une mince ligne dédaigneuse.

— Une fille insignifiante, commenta-t-il. Elle n'est pas trop mal habillée, je le reconnais. On raconte que c'est un bas-bleu. Ne va pas me raconter que ton frère a des intentions sérieuses vis-à-vis d'elle.

Logan réprima un sourire. Il avait l'habitude et ne s'étonnait plus des propos acerbes du vieil homme.

— Observez-les, père, et voyez comment il se comporte avec elle.

Rochester ricana.

— C'est une ruse. Je connais mon bon-à-rien de fils et ses manigances. J'aurais pu le prévoir dès l'instant où j'ai rayé son nom de mon testament. Andrew peut bien courtiser toutes les vieilles filles respectables de Londres si ça lui chante, j'irai rôtir en enfer avant de lui donner le moindre sou ! conclut-il avec un gloussement.

Rôtir en enfer ? Cette prédiction était plus que probable, toutefois Logan se garda de formuler sa pensée à voix haute. Il se pencha pour caler le dos du vieil homme à l'aide d'un coussin. Puis il se redressa et, la main sur la balustrade en acajou, reprit d'un air songeur :

— Même s'il s'agissait d'une ruse, ne serait-il pas intéressant de voir Andrew pris à son propre piège ?

— Que veux-tu dire ?

Le vieil homme était en train de porter son verre de vin à ses lèvres. Il suspendit son geste, leva ses yeux chassieux sur son fils.

— Explique-toi, je te prie ?

— Je veux dire qu'il n'est pas impossible qu'Andrew tombe réellement amoureux de Mlle Hargreaves.

Le comte ricana encore, le nez dans son verre.

— Bah, cette vermine n'aimera jamais personne d'autre que lui-même !

— Vous vous trompez, père. C'est juste qu'Andrew n'a pas l'habitude d'éprouver de l'affection, et surtout d'inspirer ce genre de sentiment à quelqu'un.

Le comte saisit le reproche contenu dans cette allusion à la façon dont il avait traité ses deux fils, l'héritier légitime et le bâtard. Il eut un sourire méprisant.

— Bien sûr, selon toi c'est entièrement ma faute s'il est si égoïste. Tu lui as toujours trouvé des excuses. Fais bien attention, monsieur Je-sais-tout, sinon toi aussi tu pourrais voir ton nom rayé de mon testament.

À son grand dépit, Logan éclata de rire.

— Cela m'est complètement égal ! Je ne vous réclamerai jamais un sou. Mais vous avez des devoirs envers Andrew. C'est à cause de lui et de lui seul que vous êtes ici. Pour une raison que je ne comprendrai jamais, il vous aime. Cela relève du miracle, que votre fils ait survécu à vos tendres attentions et soit encore en mesure aujourd'hui de ressentir cette dévotion filiale. J'avoue que personnellement j'en serais incapable.

— Cela t'amuse, de me décrire comme un monstre. La vérité, c'est que je ne donne aux gens que ce qu'ils méritent. Si Andrew avait fait quoi que ce soit pour mériter mon affection, je la lui aurais offerte. Mais il devra d'abord la gagner.

— Seigneur, murmura Logan, effaré, vous êtes sur votre lit de mort ! Ne croyez-vous pas que vous avez assez attendu comme ça ? Avez-vous la moindre idée de ce qu'Andrew ferait pour obtenir une simple louange ou un seul mot tendre de votre bouche ?

Rochester ne répondit pas. Les traits crispés dans une expression butée, il but une gorgée, les yeux fixés sur les couples qui valsaient au rez-de-chaussée.

La règle voulait qu'un monsieur ne danse jamais plus de trois fois avec la même jeune fille. Caroline ignorait qui avait inventé un tel principe et pourquoi. En fait, elle le trouvait vraiment stupide.

Elle adorait danser avec Andrew, enfin lord Drake. Elle en était la première surprise, mais c'était ainsi. Et elle était furieuse que la valse soit déjà finie.

Elle était encore plus étonnée de constater que, lorsqu'il s'en donnait la peine, Andrew pouvait se montrer de très bonne compagnie.

— Je ne m'attendais pas à ce que vous soyez si bien informé sur certains sujets, remarqua-t-elle, alors que des serviteurs remplissaient leurs assiettes à la table du buffet. Je pensais que vous passiez votre temps à vider des chopines, mais en réalité vous êtes très cultivé.

— Je suis capable de tenir un verre d'une main et un livre de l'autre.

Elle fronça les sourcils.

— Ne plaisantez pas. Je suis en train de vous dire que vous n'êtes pas vraiment… pas vraiment…

— Pas vraiment quoi ? demanda-t-il doucement.

— Pas vraiment celui que vous paraissez être au premier abord.

Il eut un sourire, ce sourire canaille qui la faisait chavirer.

— S'agit-il donc d'un compliment, mademoiselle Hargreaves ?

— Ma foi… oui, sans doute.

Elle était captivée par l'éclat de ses yeux bleus.

Le sortilège fut rompu par une voix féminine qui trancha le silence, telle la lame acérée d'un scalpel.

— Cousine Caroline ! Eh bien, quelle élégance ! J'en suis confondue. Quel dommage que tu ne puisses pas te séparer de ces maudites lunettes, ma chère ! Tu aurais été le clou de la soirée.

Cette langue de vipère appartenait à lady Brenton, la femme la plus belle et la plus perfide que Caroline connaisse. Même les gens qui la détestaient – et ils étaient légion – devaient bien reconnaître qu'elle était magnifique.

De taille moyenne, Julianne avait une silhouette mince, très féminine, en forme de sablier délicat. Ses traits étaient d'une perfection angélique : un nez petit et droit, des lèvres pleines d'un rose sombre naturel, des yeux bleus frangés de cils sombres, et son ultime atout : une chevelure d'un blond cendré très rare, qui donnait l'illusion qu'un rayon de lune lui caressait la tête.

Il était difficile de croire que Caroline et cette créature éthérée soient cousines germaines du côté de son père.

Caroline avait grandi dans l'ombre de Julianne, éperdue d'admiration pour sa cousine qui avait un an de plus qu'elle. Devenue adulte, elle avait peu à peu compris que sous cette splendeur se cachait un cœur égoïste et calculateur.

À dix-sept ans, Julianne avait épousé un homme de quarante ans son aîné, un comte fortuné amateur d'art et collectionneur de beaux objets.

Du vivant de son mari, il s'était chuchoté qu'elle ne lui avait pas été très fidèle. Néanmoins elle était bien trop maligne pour se faire prendre.

Le regard bleu limpide de Julianne jaugeait Caroline. Une étincelle malicieuse y dansait. Ce soir-là, elle portait une robe d'un blanc scintillant qui s'harmonisait à merveille avec sa blondeur argentée. Son décolleté audacieux découvrait ses seins pigeonnants.

Elle coula un regard de biche à Andrew avant d'ajouter :

— Ma pauvre petite cousine est myope comme une taupe, sans ses lunettes. Quelle pitié, n'est-ce pas ?

— Elle est ravissante, qu'elle les porte ou pas, rétorqua Andrew d'un ton sec. Et sa beauté va de pair avec les qualités de cœur que chacun lui connaît et qui font qu'elle est si appréciée de tous. On ne peut pas en dire autant de tout le monde, hélas !

Le sourire charmeur de Julianne s'effaça.

Andrew et elle se bravèrent du regard, un regard plein de sous-entendus. L'état de bien-être dans lequel se trouvait Caroline s'évanouit d'un coup. Elle comprenait soudain le fin mot de l'histoire. Non seulement Julianne et Andrew se connaissaient bien, mais il était certain que ces deux-là avaient été très proches, voire intimes.

Ils avaient été amants.

Bien sûr, c'était logique. Comment Andrew n'aurait-il pas été séduit par une femme aussi splendide ? Et pourquoi Julianne aurait-elle refusé ses faveurs à l'héritier d'une si grande fortune ?

— Lord Drake, reprit Julianne d'un ton mutin, vous êtes plus séduisant que jamais. Vous paraissez même être devenu un autre homme. À qui devons-nous le plaisir d'une telle métamorphose ?

— À mon père. Il m'a rayé de son testament et je vous assure que c'est une expérience qui vous change un homme.

La bouche en cœur de Julianne se plissa dans une moue de regret.

— Ah oui, j'ai entendu dire cela ! Votre héritage était pourtant l'une de vos plus précieuses qualités, mon cher. Et je conçois que vos ambitions soient désormais bien moindres, conclut-elle en faisant glisser un regard dédaigneux sur Caroline.

Cette dernière répliqua :

— Nous ne voudrions pas accaparer tout ton temps, Julianne. J'imagine que tu es très occupée ce soir, il y a tant d'hommes fortunés présents à ce bal.

Julianne fronça les sourcils sous l'insulte à peine voilée.

— Eh bien, bonsoir, ma chère cousine. Je t'engage vivement à montrer à lord Drake davantage de ta « beauté intérieure ». Ce sera sans doute ta seule chance de retenir un peu son attention.

Avec un sourire félin, elle ajouta :

— Si tu arrives à l'attirer dans ton lit, chère petite cousine, tu verras qu'on ne s'embête jamais avec lui. Il est très doué, je m'en porte personnellement garante.

Sur ces mots, Julianne s'éloigna dans un déhanché suggestif qui balançait ses jupes de soie froufroutantes. Tous les hommes aux alentours la suivirent du regard. Sauf Andrew, dont l'attention demeura focalisée sur Caroline.

Celle-ci ne put s'empêcher de remarquer d'un ton accusateur :

— En dépit de la discrétion de ma cousine, j'ai la légère impression que vous et elle avez entretenu une liaison. Est-ce vrai ?

Andrew avait passé une excellente soirée, jusqu'au moment où Lady Brenton les avait interrompus.

D'ordinaire, il haïssait les bals et les réceptions où il était supposé faire la conversation à des oiselles insipides qui ne songeaient qu'à se caser, et à leurs chaperons, encore plus assommants.

Mais contre toute attente, avec Caroline Hargreaves, qui avait la langue si bien pendue, il s'amusait beaucoup. Et durant la demi-heure passée, il avait même éprouvé une étrange sensation de bien-être, une sorte d'euphorie, voire d'ébriété, qui n'avait rien à voir avec l'alcool.

Puis l'apparition de Julianne lui avait remémoré sa vie d'avant et ses excès en tout genre, et cette fragile impression de bonheur s'était évanouie.

Comme son père, Andrew s'efforçait d'assumer ses actions passées. Pourtant, comment ne pas ressentir de la honte et des remords lorsqu'il songeait à sa liaison avec Julianne ? Il avait bel et bien perdu son temps avec elle. Julianne était comme ces desserts français sophistiqués et si beaux à regarder, qui n'étaient jamais aussi bons qu'ils en avaient l'air et qui, en définitive, n'apportaient que de la déception.

Il s'obligea à soutenir le regard de Caroline pour lui répondre :

— C'est vrai. Nous avons eu une aventure il y a deux ans. J'avoue que je n'en ai pas conservé un souvenir éblouissant.

Il n'aimait pas qu'elle le dévisage ainsi, drapée dans sa vertu, comme si elle n'avait jamais commis d'erreur de toute sa vie, comme si la notion même de regret lui était totalement étrangère.

Bon sang, il ne lui avait jamais menti, il n'avait jamais feint d'être quelqu'un d'autre que lui-même. Elle savait bien qu'il était une fripouille, un gredin. Au début, il avait même envisagé le chantage pour l'obliger à assister à cette garden-party !

Maussade, il se demanda pourquoi Logan et Madeline avaient invité Julianne. Mais évidemment il ne pouvait pas s'opposer à sa venue sous prétexte qu'ils avaient eu une liaison autrefois. S'il exigeait que ses anciennes maîtresses soient expulsées de la maison, une demi-douzaine d'autres femmes allaient devoir décamper.

Comme si elle avait suivi le fil de ses pensées, Caroline se rembrunit.

— Je ne suis pas surprise d'apprendre que vous avez couché avec ma cousine. Je suppose que la moitié des femmes présentes ici ce soir sont passées dans votre lit ?

— Et après ? Cela ferait-il une différence à vos yeux ?

— Non, aucune. Cela confirmerait juste la piètre opinion que j'ai déjà de vous. Comme ce doit être ennuyeux de ne jamais savoir dire non !

— C'est toujours mieux que d'être une vieille fille frigide.

Ses yeux noisette s'écarquillèrent derrière les lunettes et deux taches rouges apparurent sur ses joues.

— Comment… comment m'avez-vous appelée ? bredouilla-t-elle d'une voix qui grimpa dans les aigus.

Plusieurs invités tournèrent la tête dans leur direction, conscients qu'une dispute était sur le point d'éclater.

— Allons dehors, grommela Andrew entre ses dents. Si vous voulez vraiment vous chamailler, autant le faire dans la roseraie.

— Volontiers, répliqua Caroline qui faisait des efforts manifestes pour garder son sang-froid.

Dix minutes plus tard, ils se retrouvèrent dehors, chacun s'étant excusé sous un prétexte fallacieux.

Située au sud-ouest du parc, la roseraie – ou la « chambre rose », comme l'appelait Madeline Scott – était délimitée par des piquets reliés par des cordelettes, sur lesquelles s'enroulaient des rosiers grimpants. Des graviers blancs tapissaient le sol. De l'entrée en forme d'arche partaient des rangées de lavande odorante.

Au centre, se trouvait une urne en pierre posée sur un piédestal, nichée au cœur d'un buisson de cataires bleues.

Le parfum exotique qui embaumait l'air n'apaisa en rien la colère d'Andrew. Lorsqu'il aperçut la silhouette menue de Caroline frissonnant sous la brise, il eut du mal à ne pas foncer sur elle.

S'obligeant à demeurer immobile et silencieux, il la regarda s'approcher.

Elle s'arrêta à moins d'un mètre de lui, la tête rejetée en arrière pour mieux soutenir son regard.

— Je n'ai qu'une chose à vous dire, milord, déclara-t-elle d'une voix haut perchée, presque stridente. Contrairement à vous, je privilégie la sincérité, et même si je ne veux pas me dérober devant la réalité, j'ai très mal pris ce que vous m'avez dit tout à l'heure. Car ce n'est pas vrai ! Vous vous trompez complètement à mon propos. Et je ne retournerai pas dans cette maison avant que vous l'ayez admis !

— En quoi me suis-je trompé ? Sur votre qualité de... vieille fille frigide ?

Pour une obscure raison, l'expression la mettait hors d'elle. Il vit son menton frémir d'indignation.

— Oui ! souffla-t-elle.

Il lui sourit, dans l'unique but d'attiser sa fureur, et objecta :

— Mais je suis en mesure de le prouver. Quel âge avez-vous ? Vingt-six ans ?

— C'est exact.

— Bien que vous soyez largement plus jolie que la moyenne, que vous soyez issue d'une bonne famille et portiez un nom respecté, vous n'avez jamais accepté aucune demande en mariage ?

— En effet.

Une brève lueur s'était allumée dans son regard, comme si le compliment l'avait touchée malgré tout.

Lentement, Andrew se mit à marcher autour d'elle, en l'inspectant d'un regard empreint de muflerie.

— Et vous êtes toujours vierge... n'est-ce pas ?

En dépit de la faible luminosité qui régnait dans la roseraie éclairée par quelques réverbères, il vit les joues de la jeune femme se colorer vivement.

Aucune demoiselle bien élevée n'aurait songé à répondre à une telle question.

Au bout d'un long moment, elle finit par acquiescer d'un bref hochement de tête.

Bizarrement, cet aveu silencieux le plongea dans un tumulte d'émotions : désir, frustration, tendresse. Bon sang, c'était bien la première fois qu'une vierge le mettait dans un tel état ! Il avait envie de posséder son corps pur, d'en embrasser chaque centimètre carré... Il voulait l'entendre gémir de plaisir, la faire crier, la tenir contre lui, moite et pantelante, dans la douceur tranquille du lit après la frénésie de l'amour...

Pour avoir le droit de la toucher, comme il le voulait et quand il le voulait, il se sentait prêt à tout. Mais il savait bien qu'il n'aurait jamais cette fille. Il avait annihilé toute chance de la faire sienne depuis bien longtemps, avant même de faire sa connaissance.

S'il avait mené une vie radicalement différente, peut-être aurait-il pu envisager de... Mais non, on n'échappait pas aux conséquences de son passé.

Masquant son impuissance sous un sourire moqueur, il leva les mains dans un geste fataliste, pour signifier que les faits parlaient d'eux-mêmes.

— Jolie, célibataire, vingt-six ans et vierge. Tout cela n'aboutit qu'à un seul diagnostic : vieille fille frigide.

— Non, c'est faux ! s'emporta-t-elle. Il y a bien plus de passion en moi que vous n'en aurez jamais ! Moi au moins je suis capable d'éprouver des sentiments sincères !

— Mon Dieu, quelle fougue ! Quelle ardeur, en effet ! se moqua-t-il.

— Je vous interdis de rire de moi !

Puis, ulcérée, elle se jeta sur lui, les mains en avant.

Avec un rire étouffé, il la saisit par les épaules pour la maintenir à distance... avant de réaliser qu'elle n'essayait pas de le griffer, mais de lui passer les bras autour du cou.

Déstabilisé, il lâcha prise. Aussitôt, elle le saisit par la nuque, avec une vigueur surprenante chez une personne aussi gracile. Suspendue à lui de tout son poids, elle tenta de l'obliger à baisser la tête. Il lui résista sans difficulté, partagé entre l'amusement et l'incrédulité. Physiquement, elle n'était vraiment pas de taille, et tous ses efforts étaient risibles.

— Caroline, par hasard seriez-vous en train d'essayer de m'embrasser ?

Elle lui tirait toujours sur le cou, murmurant des propos décousus dont il ne comprenait pas la moitié.

— ... vous prouver... allez le regretter... pas frigide, espèce de... sale... débauché !

Puis il n'y tint plus.

Face à cette furie courroucée qui se trémoussait entre ses bras, il perdit toute capacité à penser de manière rationnelle. Soudain plus rien ne compta que le désir qu'elle lui inspirait. Quelques instants volés dans la roseraie n'allaient pas faire changer le sens de rotation de la Terre, après tout. Et elle le rendait fou.

Il brûlait de la toucher, de la goûter, de plaquer son corps contre le sien et d'envoyer au diable le reste de l'humanité. Alors pourquoi résister davantage ?

Il baissa la tête et laissa sa bouche fondre sur la sienne – qu'elle gardait close, car elle ne savait pas embrasser, l'innocente !

Quelque chose d'inattendu se produisit alors.

Il eut l'impression qu'un étau se refermait sur son cœur, le broyait petit à petit jusqu'à le briser. Une onde de chaleur l'irradia alors de l'intérieur. Caroline était si légère, si douce dans ses bras. Et sa peau sentait mille fois meilleur que les roses du jardin.

Elle s'arqua contre lui, et il la sentit ployer sous ses doigts.

Il se tétanisa, ne sachant plus où poser les mains, craignant de la briser s'il bougeait d'un millimètre.

Puis, à tâtons, il ôta ses gants, les laissa tomber à terre. Doucement il caressa le dos de Caroline, laissa glisser sa main sur sa taille, tandis que l'autre lui enserrait la nuque. Seigneur… Elle était exquise, si affriolante dans cette robe de soie et de mousseline !

Il haletait, incapable de maîtriser sa respiration, et devait se faire violence pour rester doux et délicat, alors qu'il mourait d'envie de la presser contre son corps.

Il s'autorisa à accentuer la pression de ses lèvres, immisça sa langue à la rencontre de la sienne. Au moment où elles se frôlèrent, une décharge électrique le traversa. Caroline tressaillit.

Il savait bien que ce n'était pas ce genre de baiser qu'on donnait à une vierge, mais il ne pouvait s'en empêcher.

Avec un petit bruit de gorge qui se voulait rassurant, il approfondit encore leur baiser. À sa grande surprise, Caroline se livra à son exploration avec un soupir d'abandon. Puis il sentit sa langue s'animer, lui répondre, entamer une délicieuse danse contre la sienne.

Andrew ne s'attendait pas à ce qu'elle se montre si réceptive. Sapristi, elle aurait dû être choquée, elle aurait dû le repousser. Au lieu de cela, elle s'offrait avec une confiance aveugle qui le bouleversait.

Il lui caressa le dos, les hanches ; puis ses mains s'égarèrent sur les rondeurs de ses fesses qu'il empoigna, pour la hisser contre lui. Tout naturellement, son mont-de-Vénus vint se caler contre son sexe rigide qui devint brûlant.

Caroline poussa un petit cri et s'arqua contre lui. Ses bras autour de son cou, elle se tendit, jusqu'à ce que ses orteils décollent presque du sol.

Sa bouche contre son cou, il chuchota :

— Caroline... vous me rendez fou. Il faut arrêter... tout de suite. Nous ne devrions pas...

— Oui... oui... je sais, haleta-t-elle, sans cesser de se frotter contre lui dans un mouvement lancinant.

Ils s'embrassèrent de nouveau, avec une urgence désespérée. Andrew laissa échapper une plainte presque résignée.

— Arrêtez-moi, supplia-t-il, une main plaquée sur son postérieur. Dites-moi de vous laisser tranquille... Tapez-moi !

Il entreprit de butiner le lobe de son oreille. Elle se mit à ronronner comme une chatte.

— Où dois-je vous taper ? demanda-t-elle d'une voix étouffée.

Elle était trop candide pour comprendre la connotation sexuelle de sa question. Andrew sentit son membre durcir davantage encore. Il réprima un gémissement.

— Caroline... vous avez gagné. J'ai eu tort de vous traiter de... Non, arrêtez, je ne peux plus le supporter !

D'un geste brusque, il l'écarta pour la tenir à bout de bras.

— Maintenant reprenez-vous. Ou bien vous allez perdre votre virginité dans cette satanée roseraie !

La véhémence du ton la fit revenir à la raison, elle recula prudemment et frissonna dans la brise, les bras croisés sur sa poitrine.

Pendant un moment, on n'entendit plus que le bruit de leurs respirations saccadées.

— Il faut rentrer, dit-elle enfin. Les gens vont finir par remarquer notre absence. Je... je risque d'être compromise. Je veux dire... ma réputation...

Après un autre silence embarrassé, elle reprit :

— Andrew, je n'ai jamais ressenti cela...

— Taisez-vous ! coupa-t-il. Dans votre intérêt et dans le mien, il ne faut pas que cela se reproduise. Nous devons nous en tenir à notre arrangement. Je ne veux pas de complications indésirables.

— Mais ne voulez-vous pas...

— Non. Je veux faire semblant de vous courtiser, rien de plus. Si je nouais une vraie relation avec vous, je serais obligé de chambouler toute ma vie. Et il est bien trop tard pour cela. Je suis au-delà de toute rédemption et personne, pas même vous, ne vaut que je change quoi que ce soit à mes habitudes.

Elle resta silencieuse un moment, les yeux rivés à son visage.

— Je sais qui en vaut la peine, dit-elle enfin.

— Qui ?

— Vous. Vous méritez d'être sauvé, Andrew, dit-elle en soutenant son regard sans faiblir.

Ces quelques mots suffirent à l'ébranler.

Il secoua la tête, incapable de parler. Il avait envie de la reprendre dans ses bras... de la vénérer... de la posséder. Aucune femme au monde n'avait jamais eu foi en lui, en son âme damnée. Il aurait voulu répondre par le sarcasme, mais il n'y arrivait pas. Un vœu irréalisable naquit en lui : devenir un jour digne de cette femme.

Il aurait aimé lui dire ce qu'il ressentait, mais, détournant la tête, il réussit juste à articuler :

— Allez-y. Rentrez la première.

Durant les trois mois qui suivirent, Andrew se comporta en parfait gentleman.

Il se montra attentionné et plaisant, accepta sans broncher les quolibets de ceux qui le connaissaient bien et demandaient avec ironie qui avait kidnappé lord Drake le libertin pour le remplacer par son sosie vertueux.

Ceux qui étaient au courant de l'état de santé déclinant du vieux comte de Rochester ricanaient, convaincus qu'il s'agissait là d'une stratégie qui ne trompait personne, assuraient-ils.

Mais plus les jours passaient, et plus Caroline se persuadait qu'Andrew était bel et bien en train de changer.

Il avait reçu les intendants du domaine de Rochester et, avec leur aide, avait dressé la liste des travaux de modernisation à entreprendre afin d'améliorer la vie des fermiers.

Pour financer tous ces projets d'envergure, il avait vendu la plupart des biens qui lui appartenaient en propre, y compris une écurie de pur-sang de grande valeur.

Ses amis n'en étaient pas revenus.

Ce n'était pas dans son caractère de prendre tous ces risques, d'autant qu'il n'avait aucune certitude d'hériter de la fortune de son père au bout du compte.

Quand Caroline lui avait demandé pourquoi il s'intéressait soudain à la gestion du domaine et aux difficultés rencontrées par les exploitants agricoles, il s'était contenté de rire et de hausser les épaules, comme s'il s'agissait d'un détail parfaitement insignifiant.

Puis, devant son insistance, il avait prétexté :

— De toute façon, ces travaux sont devenus indispensables, que mon père me lègue son argent ou pas. Et j'en avais assez de tous ces canassons dans mes écuries. Ils me coûtaient bien trop cher en entretien.

— Et ces immeubles des faubourgs dont on m'a parlé ? Votre père avait, semble-t-il, l'intention d'expulser les locataires plutôt que de rénover les bâtiments délabrés, et j'apprends que vous avez finalement décidé d'engager les travaux.

Impassible, Andrew avait répondu :

— Ces gens vivaient dans des conditions déplorables et mon père se contentait de percevoir les loyers. Mais n'allez pas croire pour autant que j'aie agi par altruisme. J'ai juste un meilleur sens des affaires. Désormais les locaux réhabilités vont prendre de la valeur.

Caroline avait eu un sourire songeur. Puis elle s'était penchée pour dire à mi-voix, comme si elle lui confiait un secret.

— Et moi, milord, je crois que vous compatissez sincèrement au sort de ces malheureux.

— Certes, un vrai Samaritain ! avait-il ironisé.

Elle n'avait pas argumenté, toutefois elle se rendait bien compte qu'Andrew n'avait pas le cœur aussi noir qu'il le prétendait.

Mais pourquoi se souciait-il tout à coup de la condition de ces gens qui, auparavant, ne lui inspiraient que la plus grande indifférence ?

Était-ce à cause de la mort prochaine de son père ? Peut-être avait-il finalement compris que de lourdes responsabilités allaient bientôt peser sur ses épaules ? Il aurait pu se contenter de laisser les intendants et les contremaîtres se charger de prendre toutes les décisions à sa place. Pourtant il avait tenu à prendre en main l'administration du domaine, au début avec une certaine timidité, et désormais avec une assurance grandissante.

Comme il était convenu dans leur accord, Andrew emmena Caroline se promener au parc. Il l'escorta également au concert, au théâtre, et à diverses soirées. Fanny jouait bien entendu les chaperons, aussi Caroline avait-elle peu d'occasions de parler en privé avec Andrew. Ils n'abordaient donc que des sujets généraux, comme la littérature ou le jardinage, et leurs contacts physiques se limitaient à un frôlement de doigts de temps en temps, ou encore à la pression fugace de son épaule contre la sienne, quand ils étaient assis côte à côte.

Ces rares instants de complicité – un regard silencieux, une caresse volée sur le dos de sa main – la mettaient dans un grand émoi.

Elle réagissait de manière si intense à sa proximité qu'elle craignait parfois de s'embraser littéralement. Elle se remémorait sans cesse leur étreinte passionnée, dans la roseraie des Scott. Aujourd'hui il se montrait si réservé à son égard qu'elle commençait à se demander si elle n'avait pas rêvé. Était-il possible que ces baisers enfiévrés aient été le fruit de son imagination débridée ?

À ses yeux, Andrew représentait une énigme passionnante. On aurait dit que deux hommes cohabitaient en lui : l'un arrogant, libertin, égocentrique ; l'autre, beaucoup plus séduisant, qui tentait pas à pas de devenir un vrai gentleman.

Le premier lui avait d'emblée déplu. Quant au second… Eh bien, c'était fort différent. Elle le voyait se débattre, déchiré entre les plaisirs faciles qui faisaient son quotidien jadis et les devoirs qui se profilaient devant lui.

Il n'avait pas recommencé à boire et à courir le guilledou – il l'aurait admis sans détour si cela avait été le cas. Et à en croire Cade, on ne voyait plus guère Andrew à leur club commun, ces derniers temps. Il passait plutôt ses journées à faire du sport – boxe, escrime, équitation –, jusqu'à en tomber d'épuisement dans son lit le soir venu.

Il avait perdu du poids, au moins cinq kilos, si bien que ses pantalons avaient dû être repris à la ceinture. Il avait toujours eu un gabarit imposant, mais à présent il était sec, musclé, sans une once de graisse superflue. Les coutures de ses vestes craquaient au niveau des bras et des épaules.

— Mon frère m'a dit que vous vous êtes rendu au club de boxe presque chaque jour, la semaine dernière. Pourquoi une telle frénésie sportive ? ne put-elle s'empêcher de lui demander un jour, alors qu'ils se trouvaient dans le jardin.

Assis sur un banc, dans une posture décontractée, Andrew la regardait s'activer, armée d'un sécateur, et couper les fleurs fanées d'un parterre de digitales violettes.

La réponse mit trop longtemps à venir. Caroline interrompit son jardinage et lui jeta un coup d'œil par-dessus son épaule.

Il faisait frais pour un jour de novembre. Le vent souleva une boucle de ses cheveux blonds qui s'échappaient de sa capote et la fit danser sur sa joue. Elle la repoussa de sa main gantée et, ce faisant, laissa une trace terreuse sur son visage.

Aussitôt une étincelle s'alluma dans les yeux bleus d'Andrew. En réaction, Caroline sentit son cœur bondir.

Il se leva, s'approcha à pas lents.

— L'activité physique est le meilleur moyen que j'aie trouvé pour me distraire de certaines choses, dit-il, avant de tirer un mouchoir de sa poche. Attendez, ne bougez pas…

D'un geste doux, il essuya la trace de boue, puis se saisit de ses lunettes pour les nettoyer, dans un geste qui était devenu coutumier.

La vision brouillée, Caroline plissa les paupières et leva les yeux vers son visage flou, si proche du sien… Les battements de son cœur s'emballèrent de plus belle.

— Quel genre de choses ? demanda-t-elle dans un souffle. Je suppose que vous voulez parler de votre addiction à l'alcool et aux jeux de hasard ?

— Non, je ne parle pas de cela. Vous ne devinez donc pas ce qui me torture, ce qui me tient éveillé la nuit, à moins que, épuisé physiquement par l'entraînement, je ne m'écroule sur mon lit ?

Il remit les lunettes sur son nez et, d'un doigt, replaça la boucle égarée derrière son oreille. Son regard bleu posé sur elle ne cillait pas. Sa présence virile était envahissante, conquérante.

Les doigts tremblants, Caroline laissa échapper le sécateur qui tomba sur la terre meuble avec un bruit mat.

Elle humecta ses lèvres sèches.

— Oh... J'imagine que vous avez envie de... de compagnie féminine. Mais bien sûr, il n'y a pas de raison pour que vous vous priviez... D'autant que vous devez avoir de multiples occasions, je suppose...

Le visage empourpré, elle s'interrompit dans un bafouillis, se mordilla la lèvre inférieure.

Andrew se pencha et son haleine lui chatouilla la joue. Elle frissonna.

— Je suis devenu bien trop bizarre pour souhaiter la compagnie dont vous parlez, rétorqua-t-il. Caroline, regardez-moi. Il y a une question que je n'ai pas le droit de vous poser, mais...

— Oui... quoi ?

— J'ai réfléchi à ma situation. Même si mon père ne me laissait pas un centime, j'ai des revenus personnels qui me permettraient d'assurer un train de vie assez confortable. J'ai fait plusieurs investissements qui me rapportent de beaux bénéfices, en plus de ceux du domaine. Je ne pourrai pas prétendre vivre sur un grand pied, pourtant...

— O... ui ? parvint-elle à articuler, en dépit de son cœur qui cognait follement dans sa poitrine.

— Vous comprenez...

— Caroline !

La voix stridente de Fanny fusa du côté de la porte-fenêtre du salon qui ouvrait sur le jardin.

— Caroline, voyons ! Tu fais une bien piètre hôtesse, je te le garantis. Obliger ce pauvre lord Drake à te regarder creuser des trous dans la gadoue ! Je suppose que tu n'as même pas pensé à lui offrir un verre et… Ô mon Dieu ! Ce vent est épouvantable ! Vous allez attraper froid, en plus. Rentrez tout de suite, je vous prie !

Caroline réprima un soupir.

— Oui, maman.

Elle vit qu'Andrew avait perdu sa mine sérieuse et qu'un sourire flottait sur ses lèvres. Pleine d'espoir, elle murmura :

— Avant de rentrer, vous désirez sans doute achever de me dire ce que…

— Non, une autre fois, décida-t-il en se penchant pour récupérer le sécateur.

Frustrée, Caroline serra les poings et faillit taper du pied. Elle aurait pu étrangler sa mère qui venait d'interrompre ce qui était sans nul doute le moment le plus intéressant de toute son existence.

Andrew avait-il été sur le point… de la demander en mariage ?

À cette pensée, un vertige la saisit.

Et si oui, aurait-elle eu le cran d'accepter ?

Aurait-elle osé prendre un tel risque ? Lui faire confiance et croire qu'il avait changé pour de vrai ?

La réponse surgit soudainement. Il n'y avait pas l'ombre d'un doute. Oui, elle aurait pris ce risque.

Parce qu'elle était tombée amoureuse de lui, tout gredin soit-il. Elle l'aimait lui et nul autre, avec ses qualités et ses défauts. Elle aimait cet homme si imparfait soit-il.

Elle voulait le soutenir dans sa quête, l'aider à devenir quelqu'un de meilleur. Et s'il subsistait quelques miettes de l'ancienne fripouille... Ma foi, elle n'y verrait pas d'inconvénient, se dit-elle avec un sourire radieux.

Quinze jours plus tard, début décembre, Caroline apprit que le comte de Rochester était sur son lit de mort.

Dans son bref message, Andrew lui adressait également une requête plutôt surprenante. Le vieux comte souhaitait faire sa connaissance, pour des raisons qu'il ne voulait expliquer à personne, pas même à son fils.

Je demande humblement votre indulgence à ce propos, écrivait Andrew. *Votre présence adoucira peut-être ses dernières heures. Ma voiture vous conduira au domaine si vous acceptez de venir... Si vous refusez, je respecterai votre décision. Votre serviteur.*

Il avait signé de son prénom, Andrew, une familiarité tout à fait déplacée et cependant touchante, qui en disait long sur ses émotions.

À moins que cela ne trahisse ses sentiments envers elle ?

— Mademoiselle Hargreaves ? murmura le valet en livrée qui avait été informé qu'elle repartirait peut-être avec la voiture. Souhaitez-vous vous rendre au domaine de Rochester ?

— Oui, répondit Caroline sans hésiter. Je n'ai besoin que de quelques minutes pour me préparer. Une femme de chambre m'accompagnera.

— Très bien, mademoiselle.

Dans la voiture qui l'emportait vers Rochester Hall, dans le Buckinghamshire où le vieux comte avait choisi de passer ses derniers jours, Caroline s'interrogeait, en proie à l'incertitude.

Elle n'avait jamais visité les lieux, mais Andrew les lui avait dépeints. Les Rochester possédaient quinze cents acres, y compris le village, les bois environnants, et des terres agricoles qui comptaient parmi les plus fertiles de toute l'Angleterre, offertes à la famille par Henri II au XIIe siècle.

Andrew avait ironisé sur le fait que ce vénérable fief allait passer dans les mains d'un homme aux mœurs dissolues. Caroline comprenait qu'il ait du mal à se sentir digne d'un tel héritage, du titre et des responsabilités qui allaient avec. Elle avait envie de le rassurer, de le réconforter en le persuadant qu'il valait bien mieux que ce qu'il pensait au fond de lui.

Mais lui, en avait-il envie ?

Tracassée par ces questions et minée par le doute, elle regardait sans vraiment le voir le paysage qui défilait par la vitre, les champs, les forêts et les vignobles, les hameaux composés de maisonnettes en pierre.

Enfin, ils parvinrent en vue de Rochester Hall, une demeure imposante construite en grès rouge, dans un style médiéval robuste.

Après avoir franchi un porche de pierre protégé d'une grille, la voiture pénétra dans une vaste cour.

Un valet escorta Caroline jusque dans le grand hall d'entrée, une pièce pleine de courants d'air, décorée de tapisseries dans des tons automnaux. Rochester Hall avait été jadis une forteresse. En son sommet, on trouvait des créneaux, des parapets et des meurtrières qui permettaient autrefois aux archers de défendre la place contre les attaques ennemies.

Aujourd'hui, ce n'était plus qu'une grande demeure froide qui semblait quémander confort et douceur de la main d'une femme.

— Bonjour, mademoiselle Hargreaves.

La voix d'Andrew se répercuta sur la pierre polie des murs du hall. À son approche, elle ressentit un petit frisson de joie. Il lui prit la main et elle sentit la chaleur de ses doigts à travers ses gants en chevreau.

— Caroline, murmura-t-il après avoir renvoyé le valet d'un signe de tête.

Elle soutint son regard attentif, scruta son visage impassible. Il était impossible de déchiffrer ses pensées, néanmoins elle percevait en lui une angoisse telle qu'elle avait envie de le prendre dans ses bras pour le réconforter.

— Avez-vous fait bon voyage ? demanda-t-il en gardant sa main dans les siennes. J'espère que la route n'a pas été trop pénible.

Caroline lui sourit. Il n'avait pas oublié qu'elle souffrait du mal des transports.

— Non, je n'ai rien senti, j'ai regardé le paysage durant tout le trajet, répondit-elle.

— Merci d'être venue. Si vous aviez refusé, je ne vous en aurais pas tenu rigueur. Dieu seul sait pourquoi Rochester veut vous voir ! Il refuse de justifier ce caprice.

— Je suis contente d'être venue, assura-t-elle gentiment. Je ne l'ai pas fait pour lui, mais pour vous. Je suis là en tant qu'amie, en tant que...

Elle chercha en vain le mot approprié. Son embarras amusa Andrew dont le regard bleu se réchauffa d'une lueur pleine de tendresse.

— Vous êtes ma chère petite amie, dit-il avant de porter sa main gantée à sa bouche.

Une vague d'émotion la submergea. Il avait besoin d'elle, il la réclamait ! C'était si bon qu'elle en suffoquait presque.

Elle tâcha de se ressaisir et elle leva les yeux sur le rustique escalier de chêne qui menait au premier étage et dont la balustrade ajourée jetait des ombres longilignes sur le sol dallé du grand hall. Quel endroit lugubre ! songea-t-elle. Dire qu'Andrew y avait grandi...

Il lui avait raconté que sa mère était morte quelques jours après lui avoir donné naissance. Il avait passé toute son enfance dans cet endroit, à la merci d'un père qui avait le cœur plus froid qu'un bloc de glace.

— Allons-nous le voir maintenant ? demanda-t-elle en faisant référence au comte.

— Dans un instant. Logan et son épouse sont à son chevet. Le médecin a dit qu'il n'avait plus que quelques heures devant lui avant de...

Il s'interrompit, la gorge nouée, lança à Caroline un regard empli d'une fureur douloureuse dirigée contre lui-même.

— Bon sang… je souhaite sa mort depuis tant d'années ! Et voilà que…

— Vous éprouvez des regrets ?

Caroline ôta son gant en chevreau pour pouvoir poser sa main nue contre sa joue lisse, bien rasée. Elle sentit les muscles se contracter sous sa paume.

— Et sans doute du chagrin ? poursuivit-elle d'une voix douce. À cause de ce qui aurait pu être, et à cause de toutes ces déceptions que vous vous êtes mutuellement infligées.

Incapable d'articuler un son, il se borna à acquiescer d'un bref hochement de tête.

— Et peut-être aussi un peu de peur ? enchaîna-t-elle. Parce que vous serez bientôt lord Rochester… Une perspective que vous avez redoutée toute votre vie.

Andrew blêmit, son regard rivé au sien, comme si sa survie en dépendait.

— Si seulement je pouvais empêcher cela ! dit-il enfin d'une voix grave.

— Vos craintes ne sont pas fondées. Vous êtes bien meilleur que votre père. Vous saurez prendre soin des gens qui dépendent de vous. Je sais que vous ne retomberez pas dans vos vieux travers. Il y a du bon en vous, même si vous n'osez pas y croire.

Immobile, comme pétrifié, il la transperçait toujours de ses yeux brûlants. Et bien qu'il n'ait esquissé aucun geste dans sa direction, elle avait l'impression qu'il la possédait, qu'il l'ensorcelait de ce regard si puissant qu'elle n'avait aucun espoir de se libérer de son emprise.

— Caroline, chuchota-t-il, je ne peux plus vivre sans vous.

— Rien ne vous y oblige, dit-elle avec un sourire.

Ils furent interrompus par l'arrivée d'une domestique qui descendait de l'étage, une grande fille gauche qui se déhancha dans une révérence maladroite.

— M. Scott m'envoie demander si Mlle Hargreaves est arrivée, milord, et si elle veut bien monter voir monsieur le comte…

— Je l'escorte là-haut, coupa Andrew.

— Bien, milord.

La domestique retourna à l'étage. Andrew posa doucement la main de Caroline au creux de son coude.

— Vous savez, rien ne vous oblige à le voir si vous n'avez pas envie, dit-il.

— Oh mais si. Ne comprenez-vous pas que je meurs de curiosité de découvrir ce qu'il a à me dire ? répliqua-t-elle avec un sourire.

Deux médecins se trouvaient au chevet du comte de Rochester, en plus de M. Scott et de sa femme Madeline.

Dans la chambre aux fenêtres closes et aux lourds rideaux de velours tirés, l'atmosphère était sombre, moite et oppressante.

Quel lieu sinistre pour recueillir le dernier souffle d'un vieillard ! songea Caroline.

Elle pensait que le comte avait bien de la chance que ses deux fils soient auprès de lui dans ses derniers moments, étant donné la façon infâme dont il les avait traités.

Le comte était en position semi-allongée, le dos calé contre une pile d'oreillers. Lorsque Caroline entra, il tourna la tête vers la porte et leva sur elle son regard vitreux.

— La fille Hargreaves, marmonna-t-il d'une voix éraillée.

Parler lui coûtait visiblement. Sans quitter Caroline des yeux, il s'adressa aux autres occupants de la pièce.

— Fichez-moi le camp, vous autres. Je désire m'entretenir… avec Mlle Hargreaves… en privé.

Ils obtempérèrent, hormis Andrew qui s'attarda une seconde, le temps de glisser à Caroline un long regard. Elle le rassura d'un sourire et lui fit signe de s'en aller.

— J'attends juste dehors, dit-il. Appelez-moi si vous avez besoin de quoi que ce soit.

Une fois la porte refermée, Caroline s'installa sur la chaise placée près du lit, les mains croisées dans son giron.

Son visage était presque au niveau de celui du comte, et elle ne chercha pas à cacher la curiosité qu'il lui inspirait.

Sans doute avait-il été beau dans sa jeunesse, se dit-elle en étudiant ses traits ridés. Toute sa personne exsudait une arrogance innée, celle d'un homme qui toute sa vie s'était pris bien trop au sérieux.

— Milord, vous avez réclamé ma présence et me voici, déclara-t-elle d'un ton tranquille. Puis-je savoir pourquoi vous désiriez me voir ?

Le comte ignora la question. Son regard, entre ses paupières plissées, glissa sur elle, plein de spéculation.

— Agréable à regarder, mais… sûrement pas une grande beauté. Je me demande bien ce qu'il vous trouve…

— Peut-être devriez-vous lui poser directement la question, milord ? rétorqua Caroline sans s'émouvoir.

— Il refuse de parler de vous. Je vous ai demandé de venir parce que… je veux connaître la réponse à une question. Quand mon fils va demander votre main… Allez-vous accepter ?

— Il n'a pas fait sa demande, milord, et rien ne semble indiquer qu'il soit dans de telles dispositions…

— Oh, il va le faire !

Les traits de Rochester se crispèrent soudain dans une grimace de douleur. À tâtons, il chercha le verre posé sur la table de chevet. Par réflexe, Caroline se pencha pour l'aider. Comme elle approchait le verre de ses lèvres parcheminées, un relent d'alcool mêlé à l'odeur âcre du cordial flotta jusqu'à ses narines.

Le vieux comte se renfonça contre les oreillers pour l'observer d'un œil scrutateur.

— Vous avez réalisé… un vrai miracle, mademoiselle Hargreaves. J'ignore comment vous

vous y êtes prise mais vous avez réussi, semble-t-il, à détourner mon fils… de son propre nombril. Je le connais bien, vous savez. Je suppose qu'au début vous étiez de mèche, tous les deux, pour me rouler dans la farine et me faire croire qu'une idylle était née entre vous. Mais on dirait bien qu'il a vraiment changé. Il a l'air sincèrement attaché à vous alors que personne ne l'aurait cru capable d'aimer… quelqu'un d'autre que sa petite personne.

— Peut-être ne connaissez-vous pas lord Drake aussi bien que vous le croyez, milord, rétorqua Caroline d'un ton plus sec qu'elle ne l'aurait voulu. Il a juste besoin que quelqu'un croie en lui et l'encourage dans la bonne voie. C'est un homme généreux et attentionné…

— Oh, fadaises ! gloussa le comte en agitant sa main parcourue de veines bleuâtres. Ne perdez pas le peu de temps qu'il me reste, ma petite, avec votre vision énamourée de ce propre-à-rien.

— Alors je vais tout de suite répondre à votre question, milord. Oui, si votre fils demande ma main, j'accepterai avec joie de devenir sa femme. Et si vous persistez à le déshériter, cela m'est bien égal. Et lui aussi s'en moque. Certaines choses sont bien plus précieuses que l'argent. Et si cela vous chante, vous pouvez bien vous moquer de moi et de mes certitudes ridicules.

À sa grande surprise, Rochester eut un faible sourire. Il semblait épuisé, mais aussi envahi d'une étrange sérénité.

— Je ne me moquerai pas de vous, souffla-t-il. Car il se pourrait que vous parveniez à le sauver. Allez, maintenant… Et dites-lui qu'il peut venir.

— Oui, milord.

Le cœur battant, Caroline quitta la chambre, profondément bouleversée. Elle ne pensait qu'à se blottir dans les bras rassurants d'Andrew.

4

Le comte était mort depuis deux semaines et avait légué la totalité de sa fortune à son fils légitime, qui avait également hérité du titre et des biens incessibles. Ce furent deux semaines interminables, durant lesquelles Caroline n'avait reçu aucune nouvelle d'Andrew.

Au début, elle s'était exhortée à la patience, en se disant qu'il devait être débordé par l'organisation des obsèques et la gestion des affaires du domaine. Dès que possible, il viendrait la retrouver.

Mais les jours s'étaient succédé sans qu'il daigne même lui envoyer le moindre message.

Elle comprit alors que quelque chose n'allait pas.

Rongée d'inquiétude, elle envisagea de lui écrire, voire de se rendre à Rochester Hall pour une visite-surprise. Néanmoins, une telle audace était inconcevable chez une femme célibataire de moins de trente ans.

Aussi décida-t-elle finalement d'envoyer son frère Cade aux nouvelles. Elle voulait au moins savoir si Andrew allait bien, s'il avait besoin de quoi que ce soit… et s'il pensait à elle.

Cade s'en alla donc avec la mission de chercher le nouveau lord Rochester, et Caroline se retrouva seule dans le jardin glacé, à contempler d'un œil morne les branches dénudées de son cher érable du Japon.

Dans deux semaines, ce serait Noël. Pour sa famille, elle avait fait l'effort de décorer la maison avec un sapin et des branches de houx. Elle avait suspendu des couronnes de fleurs et de pommes de pin enrubannées au-dessus des portes. Pourtant elle avait le pressentiment qu'au lieu de passer de joyeuses fêtes de Noël, elle allait, pour la première fois de sa vie, avoir le cœur brisé, et ce chagrin intolérable était trop affreux pour qu'elle l'envisage sérieusement.

Oui, quelque chose clochait, sinon Andrew aurait déjà repris contact avec elle. Cependant, elle n'arrivait pas à comprendre ce qui pouvait l'en empêcher. Il avait besoin d'elle, autant qu'elle avait besoin de lui. Elle le savait. Et désormais plus aucun obstacle ne se dressait entre eux.

Alors pourquoi ce silence ?

Elle ruminait ses pensées, lorsque Cade rentra et la rejoignit dans le jardin.

L'expression de son visage ne la rassura en rien.

— Tes mains sont gelées, remarqua-t-il en prenant ses doigts engourdis.

Il l'entraîna à l'intérieur, dans le salon où un bon feu de cheminée réchauffait la pièce.

— Tu es restée trop longtemps dehors. Attends, je vais commander un peu de thé.

Assise le dos raide sur le canapé, Caroline le regarda prendre place à son côté.

— Je ne veux pas de thé. Cade, l'as-tu trouvé ? Comment va-t-il ? Je t'en prie, réponds-moi, sinon je vais devenir folle !

— Oui, je l'ai trouvé.

Rembruni, Cade reprit les mains de sa sœur entre les siennes pour les réchauffer. Un long soupir lui échappa.

— Drake... enfin, je veux dire Rochester... s'est remis à boire. Beaucoup. Je crains fort qu'il n'ait replongé dans ses anciens vices.

Caroline le regarda, incrédule.

— Mais... ce n'est pas possible !

— Et ce n'est pas tout, reprit Cade, la mine sombre. À la surprise générale... il s'est brusquement fiancé... à ta chère cousine Julianne. Maintenant qu'il est à la tête d'une fortune colossale, on dirait que Julianne lui a retrouvé du charme. Les bans seront publiés demain à l'église, et ils comptent se marier au début de l'année prochaine.

— Cade... ce n'est pas bien... de me taquiner ainsi, bredouilla Caroline. Non, ce n'est pas vrai... ce n'est pas vrai...

Le souffle coupé, elle vit des petits papillons de lumière scintiller devant ses yeux. Sa vision s'obscurcit. Elle entendit son frère pousser un cri étouffé, comme s'il se trouvait loin, très loin d'elle, et elle sentit ses mains lui agripper brutalement les épaules.

Un curieux bourdonnement lui emplissait les oreilles.

— Oh seigneur... Caroline ! Là, pose ta tête... Caroline, ça va ?

Elle aspira une goulée d'air tout en s'efforçant de retrouver son équilibre. Chaque battement de son cœur était douloureux, comme si celui-ci se fracturait petit à petit.

— Il ne peut pas... l'épouser, bégaya-t-elle malgré ses dents qui claquaient.

— Caroline... Mon Dieu, je ne savais pas que tu tenais tellement à lui. Tout cela était supposé n'être qu'une comédie. Ne me dis pas que tu es tombée amoureuse de Rochester ? Il est vraiment le pire mari que tu aurais pu choisir !

Les mains solides de son frère la retenaient dans une prise rassurante. Elle sentit des larmes brûlantes inonder ses joues et jeta dans un sanglot :

— Si... je l'aime ! Et il m'aime aussi, Cade. Il m'aime, je le sais ! Tout cela n'a aucun sens !

— A-t-il laissé entendre qu'il allait t'épouser ? T'a-t-il avoué son amour ? demanda Cade avec douceur.

— Non, pas... de vive voix, hoqueta-t-elle. Mais sa façon d'être avec moi... m'a laissé croire... Oh, pourquoi Julianne ? Elle est si... méchante ! Seigneur, il y a des choses que tu ignores à son sujet... des choses que papa m'a confiées avant de mourir. Elle va causer la perte d'Andrew !

Elle s'effondra et, le visage niché contre la poitrine de son frère, laissa libre cours à ses pleurs.

— Apparemment elle a déjà commencé, répondit Cade d'un air lugubre.

Il tira un mouchoir de sa poche et se mit à tamponner doucement les joues de sa sœur.

— Rochester est une vraie épave. Je ne l'ai jamais vu dans un tel état. Il a refusé de s'expliquer, il a juste affirmé que Julianne était l'épouse qui lui convenait et que, de toute façon, il n'était un cadeau pour personne. Caroline, peut-être n'a-t-il pas tort. Andrew et toi... dès le départ, c'était une mauvaise alliance.

— Laisse-moi seule, veux-tu ? chuchota Caroline d'un ton fiévreux.

Doucement, elle se dégagea de l'étreinte de son frère et se releva pour quitter le salon. D'un pas chancelant, telle une vieille femme, elle regagna l'intimité de sa chambre, ignorant les appels anxieux de Cade.

Pour le moment, elle avait besoin de solitude.

Elle se mit au lit, se recroquevilla sous les couvertures comme un animal blessé, en se demandant comment il lui serait possible de guérir d'une si terrible souffrance.

Deux jours durant, Caroline resta cloîtrée dans sa chambre, trop anéantie pour pleurer ou parler. Elle était incapable d'avaler un morceau, incapable de trouver une minute de sommeil. Son esprit fébrile et épuisé se repassait inlassablement tous les souvenirs partagés avec Andrew.

Il ne lui avait fait aucune promesse, aucun serment d'amour. Elle ne pouvait même pas l'accuser de trahison. Et pourtant sa douleur infinie se teintait peu à peu d'une rage ulcérée. Elle voulait maintenant avoir une confrontation avec lui, l'obliger à avouer ses sentiments ou au moins à lui dire où était la différence entre vérité et mensonge.

Elle méritait bien une explication !

Mais Andrew lui avait tourné le dos sans un mot, la laissant déboussolée, l'esprit plein de tourments.

C'était cela qu'il projetait depuis le début, se disait-elle avec un désespoir grandissant. Il n'avait recherché sa compagnie que dans le seul but de récupérer la fortune de son père, et maintenant qu'il avait obtenu ce qu'il voulait, elle ne lui était plus utile et il ne lui accordait plus une pensée.

Pourtant, elle n'avait pas rêvé. Au fil des jours, des sentiments avaient grandi entre eux. Il s'était attaché à elle, elle l'aurait juré. Elle n'avait quand même pas imaginé la tendresse dans ses yeux et dans sa voix lorsqu'il lui avait chuchoté : « Caroline, je ne peux plus vivre sans vous… »

Pourquoi lui avoir dit cela s'il n'en pensait pas un mot ?

Fanny avait eu une crise d'hystérie lorsqu'elle avait appris qu'Andrew était sur le point de se marier avec une autre femme. Elle avait aussitôt pris la chambre et s'était bruyamment lamentée de son lit, exigeant que les domestiques lui montent ses repas et la dorlotent jusqu'à ce qu'elle se soit remise de sa déception. Toute la maisonnée s'était mise à tourner autour de Fanny et ainsi, fort heureusement, Caroline avait pu jouir d'une paix royale.

Cade était la seule personne avec qui elle parlait, sa seule source de réconfort.

— Que puis-je faire ? murmura-t-il en s'approchant d'elle ce jour-là, alors qu'elle était assise devant la fenêtre, à regarder fixement le jardin. Il y a bien quelque chose qui t'aiderait à te sentir mieux ?

Elle tourna la tête dans sa direction, un sourire misérable aux lèvres.

— Le temps, je suppose, fera son œuvre au bout du compte, même si pour l'instant je ne peux même pas imaginer être heureuse un jour.

Cade s'agenouilla à côté de sa chaise et maugréa dans sa barbe :

— Maudit Rochester ! Si tu veux, je peux aller lui casser la figure.

Elle eut un petit rire désenchanté.

— Merci Cade, mais non. Cela ne me procurerait aucune satisfaction. Et je crois qu'Andrew va déjà suffisamment souffrir, s'il a vraiment l'intention d'épouser Julianne.

— Ce n'est pas faux, admit Cade. Caroline, il y a quelque chose que je dois te dire, même s'il y a de grandes chances pour que tu ne sois pas d'accord. Rochester m'a envoyé un message hier, pour m'informer qu'il avait payé toutes mes dettes. J'imagine que je suis censé lui rendre l'argent, mais… je n'en ai pas envie.

— Fais comme tu veux, répondit-elle dans un soupir, en se penchant pour poser son front contre la vitre froide.

— Maintenant que je n'ai plus de créanciers sur le dos et que c'est en grande partie grâce à toi… je veux vraiment faire quelque chose pour toi. Noël approche. Laisse-moi t'offrir un joli collier, ou une robe neuve… Tu n'as qu'à me dire ce qui te ferait plaisir.

— Cade, murmura-t-elle, les yeux fermés, la seule chose qui me ferait plaisir, c'est de voir Rochester troussé comme une dinde sur la table du réveillon et entièrement livré à ma merci. Et comme tu ne peux pas faire cela pour moi… je ne veux rien du tout.

Le silence retomba. Au bout d'un moment elle sentit sa main lui tapoter gentiment l'épaule.

— Comme tu voudras, petite sœur.

Le lendemain, Caroline fit un réel effort pour sortir de sa mélancolie. Elle prit un long bain chaud, se lava les cheveux et enfila une robe confortable, qui était sa préférée, quoiqu'un peu démodée : une toilette en velours vert jade aux manches ornées de franges.

Puis elle s'assit devant le feu de cheminée pour se sécher les cheveux.

Dehors il faisait froid et le vent soufflait. Caroline frissonna en apercevant le carré de ciel gris pâle par la fenêtre de sa chambre.

Alors qu'elle hésitait à commander un plateau avec des toasts et du thé, un poing énergique se mit à cogner à la porte.

La voix de son frère s'éleva derrière le battant.

— Caroline, puis-je entrer ? Il faut absolument que je te parle !

De nouveau il tapa contre le panneau de bois. Caroline soupira :

— Oui, entre. Avant de briser cette porte.

Cade fit irruption dans la pièce, une expression étrange peinte sur les traits, mélange de triomphe et d'exaltation.

Ses cheveux bruns étaient en désordre et sa cravate de soie noire lui pendouillait dans le cou.

Caroline fronça les sourcils avec inquiétude.

— Cade, mais que se passe-t-il ? Tu t'es battu ?

Un air de jubilation bravache s'inscrivit sur sa figure qui retrouva l'apparence juvénile de son adolescence.

— J'ai eu une journée chargée aujourd'hui ! annonça-t-il, un peu haletant.

— Ah bon ? Pourquoi ?

— J'ai trouvé ton cadeau de Noël. Et ça n'a pas été facile, je te prie de le croire ! Il a fallu que je me fasse aider de deux types et... Bon, inutile de gaspiller du temps en parlote. Enfile ton manteau.

— Le cadeau est dehors ? s'étonna-t-elle. Dois-je aller le chercher moi-même ? Il fait si froid... Je préfère attendre. Tu sais bien que...

— Ce ne sera pas long, promis.

Impassible, il tira de sa poche une petite clé sur laquelle était noué un ruban rouge.

— Tiens, prends ceci, dit-il en lui glissant la clé dans la main. Et ne me dis plus jamais que je ne me donne pas de mal pour toi.

Déconcertée, Caroline se mit à fixer l'objet au creux de sa paume.

— Je n'ai jamais vu une clé pareille. À quoi sert-elle ?

— Mets ton manteau et suis-moi, si tu veux le découvrir, répliqua son frère, toujours aussi énigmatique.

Caroline leva les yeux au ciel.

— Je ne suis pas d'humeur à ces petits jeux, Cade ! Et je n'ai pas envie de sortir. Bon, d'accord, d'accord… je vais le faire. Mais ton cadeau a intérêt à en valoir la peine. Ai-je au moins le temps de m'attacher les cheveux ?

— Oui, oui, mais dépêche-toi, s'impatienta-t-il.

Elle ne put s'empêcher de sourire face à une telle impatience. Cade ne tenait pas en place. Lorsqu'elle le suivit dans l'escalier quelques minutes plus tard, il sautillait presque tel un lutin malicieux. Sans doute espérait-il que son mirifique cadeau allait lui faire oublier son chagrin. Sa stratégie était transparente, mais Caroline n'en appréciait pas moins la sollicitude qui se cachait derrière.

Il ouvrit la porte d'un geste ample et théâtral, avant de désigner la voiture familiale garée devant la façade. Deux chevaux bais piaffant dans les bourrasques de vent y étaient attelés.

Emmitouflé dans une chaude pelisse et un grand chapeau, leur cocher les attendait en tapant du pied sur le sol recouvert de gel.

Caroline pivota vers son frère et s'exclama :

— Oh Cade, je n'ai pas envie de faire un trajet en voiture ! Je suis fatiguée, j'ai faim, et je veux passer une soirée tranquille, au chaud à la maison.

Sans l'écouter, il lui prit le visage entre ses mains et la fixa d'un regard implorant.

— Je t'en prie, Caroline ! Pour une fois, ne pose pas de question et contente-toi de faire ce que je te demande. Monte dans cette voiture et surtout n'oublie pas la clé.

Elle se dégagea, envahie d'un soupçon désagréable.

— Cade... Qu'est-ce que tu as fait ?

Au lieu de répondre, il l'entraîna vers la voiture et lui tint la main pour l'aider à gravir le marchepied.

Le valet qui les avait suivis lui donna une couverture pour couvrir ses jambes avant d'approcher le chauffe-pieds en porcelaine qu'il glissa sous ses bottines.

— Où va cette voiture ? demanda-t-elle encore.

Cade haussa les épaules.

— Un de mes amis, Sambrooke, possède une maison de famille dans la banlieue de Londres, qui lui servait de lieu de rendez-vous pour retrouver ses... Bref, peu importe. Aujourd'hui, l'endroit est libre, à ta disposition.

— Mais pourquoi as-tu laissé mon cadeau là-bas ?

Il eut un petit gloussement. Apparemment elle venait de dire quelque chose de drôle.

— Parce que, au moment de le recevoir, tu auras besoin d'intimité, répondit-il, avant de se pencher pour déposer un baiser sur sa joue. Bonne chance, petite sœur !

Il se redressa, claqua la portière d'un geste décidé. Caroline sentit un vent de panique souffler sur elle. Pourquoi lui souhaitait-il bonne chance ? Est-ce que par hasard cette histoire avait quelque chose à voir avec… Andrew ?

Si c'était le cas, elle étriperait son frère avec joie ! se promit-elle.

La voiture dépassa Hyde Park, puis prit la direction de l'ouest, avant de quitter le cœur de Londres.

De ce côté-ci, les habitations se faisaient plus rares et l'on trouvait de grands terrains vagues.

Quand le véhicule s'immobilisa, Caroline était à fleur de peau. Elle ne comprenait rien à la situation, se demandait ce que son frère avait mijoté dans son dos et surtout pourquoi elle avait été assez idiote pour accepter de participer à son maudit plan.

Le valet ouvrit la portière et déplia le marchepied. Caroline ne fit pas mine de bouger. Elle demeura le dos contre la banquette, les yeux fixés sur la façade de la modeste maison aux murs crépis de blanc et au toit d'ardoise pentu, qui se dressait devant la courette en gravillons.

— Peter, dit-elle au valet, un vieux domestique en qui elle avait toute confiance, avez-vous la moindre idée de ce qui se trame ? Si c'est le cas, il faut me le dire, je vous en conjure !

Il secoua la tête.

— Non mademoiselle, je ne suis au courant de rien, je vous le jure. Préférez-vous rentrer à la maison ?

Caroline hésita. Elle s'était aventurée trop loin pour rebrousser chemin à présent.

— Non, je vais aller voir, répondit-elle sans enthousiasme. Voulez-vous bien m'attendre ici ?

— À vos ordres, mademoiselle, mais lord Hargreaves m'a donné pour instructions de vous déposer et de revenir d'ici deux heures.

— Bon, il a tout prévu, à ce que je vois...

Caroline resserra les pans de son manteau et descendit de voiture. Dans sa tête, elle dressait déjà la liste de toutes les façons dont elle se vengerait de Cade.

— Très bien, Peter. Partez donc avec le cocher, comme vous l'a demandé mon frère. Il ne faudrait pas le contrarier !

Une minute plus tard, elle vit le véhicule s'éloigner en faisant crisser sous ses roues les graviers de la cour couverts de givre.

À contrecœur, elle se tourna vers la maison et, la clé serrée dans sa main, s'approcha de la porte.

Elle entra.

L'endroit était chichement meublé. Un lambris de chêne courait sur la portion basse du mur, décoré de quelques portraits de famille. Trois chaises, un coin bibliothèque empli d'ouvrages reliés en cuir.

Il faisait frais, mais une petite flambée allumée dans l'âtre de la cheminée réchauffait la pièce principale. Quelqu'un s'était donc soucié de son confort ?

— Il y a quelqu'un ? appela-t-elle d'un ton hésitant.

À l'autre bout de la maison, une réponse étouffée lui parvint.

Caroline eut un petit tressaillement de plaisir. Son souffle s'accéléra soudain et elle crispa la main sur la petite clé, machinalement, jusqu'à ce que les bords dentelés mordent sa paume moite.

Elle s'obligea à bouger. Un pas, puis un autre, et elle se retrouva en train de courir dans le couloir, à la recherche de la personne qui avait réagi à son appel.

— Où êtes-vous ? Où êtes-vous ? répéta-t-elle.

Au bout du couloir, une porte était entrouverte. Une lumière vacillante s'en échappait. Caroline saisit ses jupes de velours à pleines mains et se précipita dans cette direction. Elle fit irruption à l'intérieur… et se figea sitôt le seuil franchi, si brusquement que son chignon noué à la hâte se défit.

Ses yeux s'écarquillèrent de stupeur à la vue de la scène qui s'offrait à elle.

La pièce était si exiguë qu'elle ne contenait que trois meubles, un lavabo, une table de chevet et un grand lit en bois de rose sculpté.

Il était clair que l'autre occupant de la chambre n'y était pas venu de son plein gré.

« La seule chose qui me ferait plaisir, c'est de voir Rochester troussé comme une dinde sur la table du réveillon et entièrement livré à ma merci... »

Elle avait bel et bien tenu ces propos à son frère, emportée par la colère et le chagrin. Et cet idiot de Cade l'avait prise au mot !

Andrew, septième comte de Rochester, était étendu de tout son long sur le lit, les bras relevés de chaque côté de la tête et maintenus par une paire de menottes, reliée à une chaîne et un cadenas.

La chaîne était passée dans un trou ornemental de la tête de lit et ressortait par un autre.

Il était prisonnier.

Soulevant la tête de l'oreiller, il l'aperçut et une étincelle s'alluma dans ses yeux bleus. Il se mit à tirer sur les menottes, avec tant de vigueur que les cercles métalliques devaient lui entamer les chairs.

— Libérez-moi de ces machins ! jeta-t-il d'une voix sourde.

Il s'était exprimé d'un ton si virulent qu'elle ne put s'empêcher de frémir. On aurait dit un grand fauve captif, prêt à bondir hors du lit. Ses muscles tendus saillaient sous ses manches de chemise.

Sans réfléchir, elle se précipita.

— Je suis désolée. Seigneur... Cade... je ne sais pas ce qui lui a pris...

— Je vais le tuer ! marmonna Andrew qui continuait de tirer violemment sur la chaîne.

— Arrêtez, vous allez vous faire mal. J'ai la clé. Tenez-vous tranquille un instant et…

— C'est vous qui lui avez demandé de faire ça, hein ? lança-t-il, accusateur, alors qu'elle s'asseyait sur le lit.

Elle sentit ses joues s'enflammer.

— Non ! Enfin… pas exactement. J'ai juste dit que… Cade m'a annoncé que vous alliez épouser Julianne et…

Les joues en feu, elle se pencha pour saisir le cadenas. Il sursauta de tout son être au moment où ses seins lui frôlaient le torse, comme si elle l'avait brûlé. Caroline tressaillit à son tour et la clé lui échappa des doigts pour tomber entre le matelas et la tête de lit.

— Zut. Ne bougez pas, dit-elle encore.

Elle se pencha davantage, glissa la main derrière le matelas à la recherche de la clé, en prenant soin de détourner la tête pour éviter le regard d'Andrew.

Ce n'était pas facile, leurs visages étaient si proches… Sous elle, son corps était dur, figé. Elle perçut le changement du rythme de sa respiration qui s'accélérait, tandis qu'elle s'efforçait toujours de trouver la clé.

Enfin elle toucha le métal du bout des doigts, récupéra l'objet.

— Voilà, je l'ai.

Elle risqua un coup d'œil vers son visage. Yeux clos, le nez et la bouche à quelques centimètres de son sein, elle le surprit à humer son parfum, avec une extrême concentration, comme un condamné qui savoure son dernier repas.

— Andrew ? chuchota-t-elle, déstabilisée.

Il rouvrit les paupières, et son visage se ferma aussitôt.

— Détachez-moi, bon sang !

Il tira sur les menottes, fit cliqueter la chaîne. Les nerfs déjà à vif, Caroline sursauta de plus belle. Les maillons étaient en train d'écorcher le bois, néanmoins la tête de lit était solide et résistante.

Elle baissa les yeux sur la clé au creux de sa main et referma les doigts.

Des pensées terribles, inconvenantes, étaient en train de prendre forme dans sa tête. Il n'y avait qu'une seule chose correcte à faire : libérer Andrew, tout de suite. Mais pour la toute première fois de sa paisible et si sage existence, elle n'avait pas envie de faire ce que la correction exigeait d'elle.

— Avant de vous libérer, dit-elle d'une voix basse qu'elle-même ne reconnut pas, j'aimerais que vous répondiez à une question : Pourquoi m'avez-vous laissé tomber pour courir vous fiancer à Julianne ?

— Il n'est pas question que je vous réponde tant que je suis attaché à ce maudit lit, rétorqua-t-il en la toisant de ses yeux bleus à l'éclat glacé.

— Et si je vous détache, me répondrez-vous ?

— Non plus.

Elle le dévisagea, à la recherche de l'homme dont elle avait fini par tomber amoureuse, un

Andrew tendre, prévenant, drôle, qui ne se prenait pas au sérieux. Mais elle ne voyait rien d'autre que de l'amertume dans ce regard-là, comme s'il avait perdu toute considération pour elle, pour lui-même et tout ce qui comptait.

Il était devenu un inconnu implacable, et pour l'atteindre il aurait fallu un séisme.

— Pourquoi Julianne ? persista-t-elle. De votre propre aveu, votre liaison n'a pas été mémorable. M'avez-vous menti sur ce point ? Avez-vous décidé qu'elle avait autre chose à vous apporter, finalement, quelque chose que je ne possède pas ?

— Nous allons bien mieux ensemble, elle et moi.

Soudain chaque respiration devint douloureuse.

— Parce qu'elle est plus belle ? Plus sensuelle ? s'obligea-t-elle à demander.

Andrew voulut articuler le mot « oui », sans que celui-ci parvienne à franchir ses lèvres. Il se contenta de hocher la tête avec raideur.

Cette confirmation de ses craintes secrètes aurait dû anéantir Caroline, et cependant elle ne pouvait s'empêcher de noter l'expression fermée d'Andrew... cette contraction de la mâchoire, cette lueur farouche au fond de son regard...

L'espace d'une seconde, il parut en proie à une intense détresse. Et il ne pouvait y avoir qu'une seule raison à cela.

— Vous mentez, dit-elle.

— Pas du tout.

Soudain Caroline céda à l'envie qui la tenaillait depuis un moment. Elle n'avait rien à perdre, de toute façon.

— Je vais vous prouver le contraire, dit-elle d'une voix frémissante. Je vais vous prouver que je peux vous apporter bien plus que Julianne.

— Comment cela ?

— Je vais vous faire l'amour.

Elle s'assit sur le matelas. Ses doigts tremblants remontèrent sur le col de sa robe, et elle entreprit de dénouer les brandebourgs qui fermaient le corsage.

— Ici, tout de suite, pendant que vous ne pouvez pas m'en empêcher. Et je n'arrêterai pas tant que vous n'aurez pas avoué que vous mentez. D'une manière ou d'une autre, que vous le vouliez ou non, milord, j'aurai mon explication.

Il demeura coi. Elle l'avait pris au dépourvu. Normal. Aucun homme ne s'attend à être sexuellement agressé par une femme, *a fortiori* une respectable lady.

Puis un sourire plein de morgue plissa ses belles lèvres.

— Vous n'aurez jamais le cran !

Et sur ces mots, son destin fut scellé.

Après un tel défi, elle ne pouvait plus reculer.

Résolument, Caroline continua de déboutonner son corsage dont les pans s'entrouvrirent pour révéler sa camisole de mousseline. Un sentiment d'irréalité s'empara d'elle, tandis qu'elle faisait glisser ses bras hors de ses manches, l'un après l'autre. Depuis qu'elle était adulte, elle ne s'était jamais déshabillée devant quiconque.

Machinalement elle frotta ses bras nus couverts de chair de poule. Sa camisole était si fine qu'elle aurait tout aussi bien pu être nue dans l'air frisquet de décembre.

Andrew allait-il se moquer d'elle ? C'était bien son genre.

Il ne semblait ni amusé ni en colère ; il semblait... fasciné. Son regard s'attarda sur sa gorge dénudée, admira ses seins aux mamelons rose sombre qui pointaient sous le tissu translucide. Enfin il se fixa sur son visage.

— Ça suffit, marmonna-t-il. Le spectacle est joli, mais tout cela ne rime à rien.

— Je ne suis pas d'accord.

Elle quitta le lit, laissa la robe de velours tomber à terre. Seulement vêtue de sa camisole et de ses pantalons de dentelle, elle s'efforça de ne pas grelotter.

— Je vais vous obliger à parler, milord, coûte que coûte. Et bientôt, croyez-moi, votre langue va se délier.

Il réprima un rire incrédule. Ce son, qui le rendait plus humain, plus accessible, ne fit que la galvaniser. Mais il essaya encore de la détourner de ses projets.

— Primo, je n'en vaux vraiment pas la peine. Secundo, vous n'y connaissez rien. Alors je vois mal comment vous allez vous y prendre, ma chère Caroline.

— Oh, j'en sais bien assez ! assura-t-elle avec un aplomb qu'elle était loin d'éprouver en réalité. Somme toute, le coït est une affaire mécanique. Même si je suis novice en la matière, je me doute de la façon dont il faut s'y prendre.

— Tout n'est pas que « mécanique », objecta-t-il, en tirant cette fois sur ses menottes avec une urgence décuplée.

Son visage exprimait maintenant... quoi donc ? De la peur ? De l'angoisse ?

— Bon sang, Caroline ! J'admire votre audace, mais vous devez vous arrêter maintenant, comprenez-vous ? Vous n'en retirerez rien d'autre que de la rancœur et du chagrin. Vous méritez mieux que cela pour votre première fois. Bon sang, laissez-moi partir, espèce de... de... d'ensorceleuse !

La note désespérée dans sa voix l'enchanta. Cela signifiait qu'elle avait enfin réussi à l'atteindre, à abattre la muraille épaisse qu'il avait érigée entre eux pour se protéger de ses assauts.

— Râlez et tempêtez donc tant que vous voudrez, personne ne va vous entendre, rétorqua-t-elle.

Elle grimpa sur le lit et il se raidit de tout son être.

— Si vous croyez que je vais coopérer, vous vous trompez !

— Erreur. D'ici un instant, vous allez coopérer avec grand enthousiasme, je vous le garantis, répondit-elle d'une voix doucereuse.

Plus il s'énervait, plus elle prenait plaisir à gagner en calme et en détermination.

— Après tout, cela fait des mois que vous n'avez pas eu de compagnie féminine au lit.

Combien au juste ? Au moins trois, si je ne m'abuse. Et même si je manque d'expérience, je crois pouvoir vous réduire à merci.

— Vous oubliez Julianne. J'ai peut-être couché avec elle... une bonne centaine de fois, depuis que nous sommes fiancés !

— Non, contra-t-elle, catégorique. Elle ne vous plaît pas, cela m'a sauté aux yeux quand je vous ai vus ensemble.

Elle tira sur son nœud de cravate, réussit à faire coulisser le tissu humide, raide d'empois, qui avait retenu la chaleur de sa peau.

Du bout des doigts, elle frôla le triangle de peau découverte, le petit creux entre les deux clavicules.

— Voilà, c'est mieux. Vous allez pouvoir respirer maintenant.

Il haletait en effet comme un homme qui vient de courir dix kilomètres d'une seule traite. Il n'y avait plus trace de froideur dans son regard, qui étincelait de fureur.

— Arrêtez ça, tout de suite. Je vous préviens, Caroline, cela va mal se terminer !

— Et sinon ? musa-t-elle, nullement impressionnée par ses menaces. Comment comptez-vous me punir ? Quel pire châtiment pourriez-vous m'infliger que celui que j'ai déjà subi ?

Elle entreprit de déboutonner son gilet, puis sa chemise, écarta les pans de popeline pour dévoiler ses pectoraux saillants. La vue de son corps puissant entièrement livré à ses caprices lui coupa le souffle.

— Je n'ai jamais eu l'intention de vous blesser, promit-il. Depuis le début, vous saviez que tout ceci n'était qu'une comédie.

— Certes, mais notre relation s'est transformée au fil des jours, et ça aussi je le sais.

Elle effleura la toison brune qui ombrait son torse, caressa la peau. Il tressaillit violemment au contact de sa main fraîche, retint sa respiration. Combien de fois avait-elle rêvé de le caresser ainsi, d'explorer son corps, de palper la dureté des muscles…

— Expliquez-moi pourquoi vous voulez épouser Julianne alors que vous êtes tombé amoureux de moi.

— Je ne suis pas amoureux… Il faut vraiment que vous vous ôtiez cette idée stupide des méninges… Oh, bon sang de bois !

Il jura au moment où elle l'enfourchait d'un mouvement décidé pour s'installer à califourchon sur ses cuisses, son bas-ventre séparé du sien par seulement quelques centimètres.

C'était une position vraiment… inconvenante, songea-t-elle, en sentant ses joues s'embraser.

Baissant les yeux, elle vit son sexe qui formait une proéminence sous le pantalon. Un frisson incoercible la parcourut.

Elle ne put s'empêcher de se décaler imperceptiblement pour venir presser contre cette bosse la petite pointe de chair qui pulsait au plus intime d'elle-même.

Il s'écria dans un souffle :

— D'accord, d'accord... j'avoue ! Vous avez gagné, je vous aime, espèce de sorcière... Maintenant laissez-moi partir !

— Épousez-moi. Promettez-moi que vous allez rompre vos fiançailles avec ma cousine, reprit-elle, impitoyable.

— Non !

Caroline leva les mains pour ôter les épingles qui maintenaient son chignon. Ses cheveux se dénouèrent et tombèrent en une cascade blonde jusqu'à sa taille.

C'était la première fois qu'il la voyait les cheveux détachés.

Ses mains captives se crispèrent, comme s'il mourait d'envie de la toucher, d'enfouir ses doigts dans les mèches épaisses et brillantes.

— Je vous aime, souffla-t-elle, promenant sa paume sur sa poitrine qui se soulevait au rythme rapide de sa respiration.

La douceur de la peau, la dureté de ses muscles, tout cela la fascinait. Elle avait envie de le toucher, partout.

— Nous sommes faits l'un pour l'autre. Il ne devrait pas y avoir d'obstacles entre nous, Andrew.

— L'amour n'a rien à voir là-dedans, répliqua-t-il dans un ricanement plein d'amertume. Vous n'êtes qu'une petite idiote, idéaliste et sentimenta...

Il s'interrompit en la voyant saisir l'ourlet de sa camisole pour la retrousser d'un mouvement vif et la faire passer par-dessus sa tête, avant de jeter négligemment le vêtement.

Plus rien ne masquait désormais ses petits seins ronds et fermes, aux pointes roses qui se dressaient dans la froideur de l'air.

Il se mit à fixer sa poitrine sans ciller, et une lueur vorace flamboya dans ses prunelles bleues avant qu'il ait le temps de détourner la tête.

— Aimeriez-vous les embrasser ? chuchota Caroline, sidérée par son propre culot. Je sais que vous l'avez imaginé, Andrew, tout comme moi.

Elle se pencha lentement. Ses seins frôlèrent son torse. Il gardait la tête obstinément tournée, mais frémit au moment où leurs chairs se touchaient.

— Embrassez-moi, chuchota-t-elle encore. Je vous en prie, Andrew. J'ai besoin de vous... besoin que vous m'embrassiez, que vous me touchiez... comme j'en rêve depuis si longtemps.

Un grondement sourd jaillit de la poitrine d'Andrew. Sa bouche s'ouvrit, chercha la sienne. Leurs lèvres se soudèrent.

Caroline glissa une langue impertinente entre ses dents pour le goûter, le réclamer. Son corps se plaqua contre le sien, tandis qu'elle l'enlaçait, pour mieux prolonger leur baiser.

Puis ses mains remontèrent le long de ses bras, jusqu'aux poignets enserrés par les menottes.

— Caroline... libérez-moi... la clé...

— Non, pas encore.

Elle se tendit davantage, remonta sur son corps dur. La bouche d'Andrew trouva l'endroit sensible où la courbe de son épaule rejoignait son cou. Elle se pressa contre lui, avide de sensations, tenaillée par une fièvre qui lui semblait impossible à calmer. Puis elle remonta encore, encore... jusqu'à ce que la pointe de son sein frôle la commissure de ses lèvres.

Avec un soupir vaincu, il happa son téton, l'aspira dans sa bouche. Sa langue brûlante encercla le mamelon, le cajola de rapides caresses, légères comme des coups de plume. Il le lécha, le suça, jusqu'à ce que Caroline ne puisse réprimer un gémissement de plaisir.

Après un dernier coup de langue, il libéra son sein, chuchota d'une voix enfiévrée :

— Donnez-moi l'autre !

Tremblante, elle obtempéra, guida son sein jusqu'à ses lèvres. Il le savoura pareillement, attisant encore le brasier qui s'était allumé en elle. Une tension douloureuse s'accumulait entre ses cuisses. Elle ondulait du bassin, se trémoussait, sans pour autant parvenir à éteindre la passion qui flambait en elle. Elle voulait qu'il l'emplisse, qu'il l'écrase, qu'il la possède tout entière.

— Andrew... J'ai envie de vous. Tellement que... je crois que je vais devenir folle ! Laissez-moi... je vous en prie...

Elle s'écarta pour pouvoir l'embrasser de nouveau, tandis que ses mains descendaient sur la bosse qui renflait le devant du pantalon.

— Non ! gémit-il.

Mais elle déboutonnait déjà la braguette. Andrew jura, leva les yeux vers le plafond, comme s'il espérait recouvrer la maîtrise de son corps par sa seule volonté ou l'aide de Dieu.

Son teint se colora vivement au moment où elle immisçait sa petite main à l'intérieur du pantalon. Ses doigts se refermèrent sur le membre gonflé. Elle s'émerveilla de la douceur satinée de la peau à cet endroit, s'aventura plus loin...

La pensée de sentir ce sexe rigide dans son propre corps la choquait autant qu'elle l'excitait.

Elle se mit à le caresser gauchement. Aussitôt il arqua instinctivement le bassin, et un grondement de plaisir s'échappa de sa gorge.

— Est-ce que... je m'y prends bien ? s'inquiéta-t-elle en faisant glisser ses doigts sur l'extrémité du gland.

Son regard tourmenté se riva au sien.

— Caroline... écoutez-moi. Je ne veux pas. Il ne faut pas. Ce ne serait pas bien pour vous. Pour que votre corps soit préparé... il faudrait que je fasse certaines choses... Oh, pitié !

— Cela m'est égal. Je veux vous faire l'amour.

Elle enleva ses pantalons de dentelle, ses jarretières et ses bas, revint s'agenouiller au-dessus de son membre turgescent. Elle se sentait à la fois très maladroite et grisée de désir.

— Dites-moi ce que je dois faire, supplia-t-elle.

Son gland était venu se loger tout naturellement à l'orée de son sexe. Après une hésitation, elle se laissa descendre, sentit son membre s'introduire en elle peu à peu... jusqu'au moment où une vive douleur l'empêcha d'aller plus loin.

Déroutée, elle essaya de nouveau, mais la pression s'accrut, ainsi que la souffrance. On aurait dit qu'il était impossible que leurs deux corps s'imbriquent, que le sien lui opposait une barrière infranchissable.

Cherchant le regard d'Andrew, elle implora :

— Aidez-moi, dites-moi ce qui ne va pas…

Mais, même dans cet instant d'intense intimité, il persista à se dérober.

— Il ne faut pas aller plus loin, Caroline.

Le ton péremptoire était impossible à ignorer.

Un sentiment de défaite accabla Caroline.

Elle prit une profonde inspiration qui parut lui déchirer les poumons, puis une autre, sans parvenir à se soulager.

— D'accord, murmura-t-elle. Je suis… désolée…

Les larmes lui brûlèrent les yeux. Elle leva la main pour saisir ses lunettes qui commençaient à se couvrir de buée. Elle l'avait perdu de nouveau, pour de bon cette fois. Un homme capable de résister à une femme en un tel moment, alors qu'elle mourait d'envie de lui faire l'amour… Un tel homme ne pouvait décemment pas être amoureux d'elle.

Ses lunettes à la main, elle chercha la clé à tâtons.

La vue de ses larmes parut l'emplir d'une sorte de frénésie. Il se tordit, tira de plus belle sur les menottes.

— Caroline, je vous en prie, ouvrez ce fichu cadenas ! S'il vous plaît… Oh seigneur ! Relâchez-moi…

À peine la petite clé eut-elle tourné dans la serrure que le monde sembla tout à coup exploser.

Rapide comme un fauve, Andrew se libéra et roula sur elle.

Trop surprise pour réagir, Caroline se retrouva le dos plaqué au matelas, prisonnière sous son large torse qui l'écrasait. Son érection pressée contre son ventre, il arqua les hanches, une fois, deux fois, trois fois... se frotta contre les boucles au creux de ses cuisses. Puis il se figea, les traits crispés, et elle sentit soudain un liquide chaud sourdre entre eux et se répandre sur son ventre.

Un peu étourdie, elle demeura immobile et silencieuse, coincée sous lui, à étudier son visage tendu, ses paupières closes.

Enfin il laissa échapper un long soupir et rouvrit les yeux.

— Ne bougez pas, lui intima-t-il.

Elle n'avait pas vraiment le choix, ses membres semblaient lestés de plomb. Elle brûlait de l'intérieur comme si elle avait la fièvre. Alors qu'il quittait le lit, elle baissa les yeux sur son ventre, toucha du bout des doigts le liquide opalescent. Elle se sentait à la fois intriguée, triste et déçue...

Andrew revint avec un linge humide et s'en servit pour la nettoyer. Caroline tressaillit au contact du tissu froid. Elle ferma les yeux. Elle ne pouvait supporter le poids de son regard bleu ni la vue de son visage fermé, ni la pensée de ce qu'il se proposait de lui dire.

Sans doute allait-il l'accabler de reproches, lui faire honte pour son comportement inqualifiable. Elle l'avait bien mérité.

Elle se mordit la lèvre, luttant contre les petits frissons qui la parcouraient toujours, et cette chaleur insupportable qui refusait de s'apaiser dans son corps. Son bassin s'arquait tout seul, dans un mouvement irrépressible.

Un sanglot monta dans sa poitrine, lui noua la gorge.

— Laissez-moi tranquille, chuchota-t-elle, avec l'impression qu'elle était sur le point d'éclater en mille morceaux.

Andrew abandonna le linge humide. Il lui confisqua ses lunettes. Caroline cilla en le voyant se pencher sur elle. Il était si proche qu'elle discernait presque son grain de peau en dépit de sa myopie.

Lentement il fit glisser son regard sur son corps étendu.

— Seigneur, comme je vous aime ! s'exclama-t-il d'une voix rauque.

Stupéfaite, elle le vit tendre la main pour la poser sur son sein qu'il se mit à pétrir doucement. Puis ses doigts voyagèrent sur son ventre, jusqu'à sa toison intime. Lorsqu'ils s'immiscèrent dans les replis de son sexe pour frôler le point sensible entre tous, Caroline ne put s'empêcher de sursauter.

La voix veloutée d'Andrew résonna à son oreille :

— Maintenant, c'est moi qui vais prendre soin de vous, ma chérie. Dites-moi juste ce que vous voulez… et je le ferai.

Son majeur glissait dans sa fente humide, dans un affolant va-et-vient.

— Andrew… je vous en prie… ne me torturez pas ! cria-t-elle, éperdue.

Un sourire amusé plissa ses lèvres.

— Après tout ce que vous m'avez fait subir, vous quémandez ma mansuétude ? Je crois au contraire que vous méritez bien quelques petits supplices, non ?

Son doigt se mit à tracer de petits cercles autour du bourgeon de chair dans lequel culminaient toutes les sensations.

— Aimeriez-vous que je vous embrasse ici ? murmura-t-il encore. Que je vous touche avec ma langue ?

La question la scandalisa délicieusement. Jamais elle n'avait imaginé de telles turpitudes ! En réaction, son corps tout entier se mit à vibrer.

— Dites-moi, pressa-t-il encore.

Avant de pouvoir articuler le moindre son, elle dut humecter ses lèvres sèches. Puis, à sa grande honte, elle abandonna toute retenue pour le supplier :

— Oui, Andrew… embrassez-moi là… touchez-moi avec votre langue… Je vous en prie… J'en ai tellement envie !

Sur un regard de triomphe, il nicha sa tête entre ses cuisses grandes ouvertes. Délicatement, il caressa les boucles de sa toison, puis ouvrit les lèvres de son sexe.

Elle perçut tout d'abord son haleine tiède qui l'électrisa. Puis il donna une série de petits coups de langue sur la perle sensible cachée là. Caroline se mordit la lèvre. Mais, à mesure que les sensations s'intensifiaient, elle ne parvint plus à contenir ses gémissements.

En entendant les sons étouffés qui sortaient de sa gorge, Andrew releva la tête. Ses yeux bleus luisaient d'une lueur diabolique.

— Vous pouvez crier. Personne ne vous entendra, vous savez.

Puis il plaqua sa bouche sur son clitoris. Cette fois, elle cria, incapable de se maîtriser, pas plus qu'elle ne pouvait s'empêcher de presser son intimité contre ses lèvres.

Avec un soupir de satisfaction, il glissa les mains sous ses fesses pour mieux la maintenir, tandis qu'il se régalait de sa chair moite.

Un moment plus tard, ses doigts glissèrent vers l'orée de son sexe, la pénétrèrent juste un peu avant de se retirer. Il jouait avec elle, la mettait au supplice pour mieux la mener aux confins de la volupté.

— Sentez comme vous êtes humide… prête à me recevoir, chuchota-t-il. Maintenant je peux vous posséder, vous faire mienne…

— Andrew… je vous en prie… je vous en supplie !

Elle retint son souffle lorsqu'elle sentit qu'il insérait un doigt en elle, profondément, sans cesser de la caresser de ses lèvres et de sa langue. Son doigt entama un va-et-vient de plus en plus rapide.

Caroline se mit à haleter.

— Ô mon dieu… Andrew ! Je ne peux plus…

Elle ne put achever, car le monde disparut tout à coup dans une explosion de passion. Elle cria, encore et encore, tandis que les spasmes délicieux l'emportaient dans une extase indicible.

Puis, dans un petit sanglot, elle retomba sur le lit, pantelante, peu à peu envahie d'une sensation cotonneuse qui la rendait complètement léthargique.

Andrew se redressa. Il s'étendit à côté d'elle, avant de remonter sur eux le drap et la couverture. D'une main autoritaire, il pressa contre lui le corps alangui de Caroline, cala sa tête au creux de son épaule.

Elle s'abandonna à la béatitude, savourant ce calme inattendu après la tempête sensuelle qui venait de se déchaîner. De petits frissons parcouraient encore sa peau. Andrew la caressait d'une main rassurante pour l'apaiser. Ses doigts s'égaraient dans sa chevelure, peignaient les longues boucles, les étalaient sur sa propre poitrine. De temps à autre, ses lèvres se posaient sur sa tempe dans un doux baiser.

Au bout d'un long moment, il se décida à rompre le silence.

— Je n'ai jamais joué la comédie, Caroline. Je suis tombé amoureux de vous dès que nous avons scellé notre pacte infernal. J'ai tout de suite adoré votre intelligence, votre force, votre beauté… J'ai compris que vous étiez différente des autres femmes. Et j'ai su que je ne vous méritais pas. D'un autre côté, j'ai caressé l'espoir fou de devenir un homme meilleur, digne de vous. Je voulais prendre un nouveau départ, avec vous à mon côté. Et du coup je ne me suis plus soucié de la fortune de mon père. Mais j'étais trop arrogant et j'ai oublié qu'on n'échappe pas à son passé. J'ai de nombreux crimes à expier qui ne cesseront de me hanter le reste de mon existence. Et je ne veux pas vous salir avec toute cette laideur, Caroline. Aucun homme qui aime une femme ne peut lui demander de vivre près de lui en redoutant chaque jour que son passé lui explose à la figure.

Caroline se redressa pour le considérer avec une tendre gravité.

— Je ne comprends pas, dit-elle. Expliquez-moi ce qu'a fait Julianne, pour que vous changiez ainsi du tout au tout.

Il soupira, ramena derrière son oreille une mèche qui lui tombait devant les yeux. Il n'avait manifestement aucune envie de parler, mais, mis au pied du mur, il comprenait qu'il n'avait plus le choix. Il lui devait la vérité.

— Vous savez déjà que Julianne et moi avons eu une aventure. Ensuite, pendant quelque temps, nous sommes restés en plus ou moins bons termes. Nous nous ressemblons beaucoup, elle et moi. Nous sommes tous deux égoïstes, manipulateurs, cruels...

Vivement, elle lui posa la main sur la bouche pour l'interrompre.

— Non, Andrew. Vous n'êtes pas comme ça. Du moins, vous ne l'êtes plus. Vous avez changé.

Il eut un sourire sinistre et embrassa le bout de ses doigts avant de reprendre :

— Une fois notre liaison terminée, Julianne et moi avons décidé de jouer à un petit jeu de notre invention. Chacun de nous devait désigner une certaine personne, connue pour sa respectabilité et ses principes vertueux, que l'autre avait pour mission de séduire. Plus la victime était inaccessible, plus le défi était irrésistible. J'ai choisi un juge connu pour sa probité et sa droiture morale, père de sept enfants, que Julianne a réussi à entraîner dans une liaison adultère.

— Et elle, qui a-t-elle choisi ? demanda Caroline, partagée entre l'écœurement et la pitié à l'écoute de cette étrange confession.

— Elle avait parmi ses relations l'épouse d'un diplomate italien, une jeune femme jolie, timide, réputée pour sa pruderie et sa piété.

— Vous êtes parvenu à la débaucher, je suppose ?

Il hocha la tête.

— C'était une femme bien, qui avait beaucoup à perdre. Elle était heureuse en ménage, avait un mari dévoué, trois enfants en bonne santé... Dieu sait comment j'ai réussi à la détourner de ce bonheur familial, mais je l'ai fait. Oui, je l'ai séduite. Ensuite, rongée de culpabilité, elle s'est imaginé qu'elle était tombée amoureuse de moi, car c'était pour elle, je suppose, la seule façon d'assumer cette liaison coupable. Elle m'a écrit plusieurs lettres d'amour enflammées, très compromettantes, et bien sûr elle n'a pas tardé à le regretter. J'aurais dû brûler ces lettres, mais je les lui ai renvoyées. Je pensais qu'elle aurait l'esprit plus tranquille si elle les récupérait. Elle n'aurait plus à craindre que l'une d'elles refasse surface un jour pour ruiner sa vie. Je pensais qu'elle allait les détruire, mais cette idiote les a conservées et, pour une raison que j'ignore, a jugé bon de les montrer à Julianne, qui avait endossé auprès d'elle le rôle de la confidente pleine de sollicitude.

— Et Julianne a mis la main sur cette correspondance, articula Caroline d'une voix atone.

— Oui. Depuis cinq ans, déjà. Le lendemain de la mort de mon père, quand le bruit s'est répandu qu'il m'avait finalement légué sa fortune, Julianne m'a rendu visite. Elle a dilapidé tout l'argent que feu son mari lui a légué et, désormais, si elle veut maintenir son train de vie, elle est dans l'obligation de se trouver un nouveau mari fortuné. Hélas, c'est sur moi qu'elle a jeté son dévolu.

— Elle vous fait chanter… grâce à ces lettres ?

— Oui. Elle m'a dit que si je refusais de l'épouser, elle les rendrait publiques et ruinerait la vie de sa prétendue amie. J'ai alors compris deux choses. Je ne pourrais jamais demander votre main si notre union était basée sur la destruction d'une tierce personne. Et, avec la vie que j'ai menée, ce n'est qu'une question de temps avant qu'un esclandre similaire n'éclate. Vous en viendriez à me détester, Caroline.

Avec un sourire amer, il enchaîna :

— C'est très ennuyeux, de se retrouver tout à coup avec une conscience. La vie était beaucoup plus facile quand je ne me posais jamais de questions.

Caroline garda le silence, tout en lui caressant machinalement la poitrine. Bien sûr, elle n'ignorait pas qu'avant de la rencontrer Andrew avait mené une vie dissolue. Mais connaître les détails, réaliser qu'ils concernaient des personnes... À présent les faits prenaient une autre dimension.

Savoir qu'il s'était prêté à ces petits jeux machiavéliques, gratuitement, par pure méchanceté et cynisme... C'était révoltant.

Personne ne la blâmerait si elle repoussait Andrew après avoir appris cela. Et pourtant... N'avait-il pas appris le regret ? N'essayait-il pas de se racheter ? Aujourd'hui, il était résolu à protéger cette femme innocente, la femme du diplomate italien, et à préserver son bonheur au détriment du sien. C'était bien la preuve qu'il avait changé, qu'il n'était plus ce libertin cynique, et qu'il était encore capable de s'améliorer.

D'ailleurs, quand on aimait un homme, on l'acceptait avec ses défauts et ses qualités, en lui faisant confiance pour que, de son côté, il fasse de même.

Cela valait la peine de prendre des risques, non ?

Elle sourit à Andrew qui la regardait d'un air sombre, se pelotonna plus étroitement contre lui.

— Je ne m'étonne pas que vous ayez quelques défauts. Et même de nombreux défauts ! Vous êtes une canaille, et je m'attends bien à ce que certaines histoires sombres resurgissent de votre passé à un moment ou un autre. Mais vous n'êtes pas n'importe quelle canaille. Vous êtes *ma* canaille. Je ne veux personne d'autre. Je veux partager avec vous tous les bons moments, mais aussi affronter les pires.

Il glissa les mains dans ses cheveux, l'enveloppa d'un regard d'adoration.

— Ne croyez-vous pas que vous méritez mieux ?

— Voyons, il est trop tard de toute façon. Vous m'avez honteusement séduite cet après-midi, vous êtes dans l'obligation de réparer vos torts et de m'épouser.

— Mon précieux amour, je ne vous ai pas compromise. Je veux dire... pas complètement. Vous êtes toujours vierge.

— Pas pour longtemps.

Elle se hissa sur sa poitrine, sentit son érection durcir contre l'intérieur de sa cuisse.

— Faites-moi l'amour, chuchota-t-elle en déposant une pluie de baisers sur son cou et ses joues. Et jusqu'au bout, cette fois.

Il la souleva au-dessus de lui, aussi aisément qu'il l'aurait fait avec un chaton, lui jeta un regard angoissé.

— Nous n'avons pas réglé le problème de Julianne et de la femme de l'ambassadeur.

— Oh, ça... Ne vous inquiétez pas, je me charge de ma cousine. Vous allez récupérer ces lettres, Andrew. Ce sera mon cadeau de Noël.

Elle se percha sur lui, ses longs cheveux ruisselant sur ses épaules et sa poitrine. De ses pouces, elle effleura ses tétons rose sombre. Il tressaillit, mais demanda quand même :

— Co... comment espérez-vous faire ?

— Je vous le dirai plus tard. Pour l'heure, ce que je veux, c'est...

— Je sais ce que vous voulez !

Il roula de côté, l'entraînant dans son mouvement, pour la coincer entre lui et le lit.

— Mais vous n'aurez rien, Caroline. Je ne prendrai pas votre virginité, à moins de pouvoir être sûr de vous épouser. Alors expliquez-moi un peu comment vous comptez vous y prendre pour extorquer cette correspondance à Julianne.

Elle fit courir ses mains sur ses avant-bras musclés, puis ses biceps.

— Eh bien... je ne l'ai jamais dit à quiconque, pas même à Cade, et encore moins à ma mère, mais peu de temps après le décès du mari de Julianne... Je suppose que vous avez eu vent de ces rumeurs qui prétendaient qu'il n'était pas mort de cause naturelle ?

— Il n'y a jamais eu de preuves.

— Sans doute. Mais juste après la mort de lord Brenton, son valet, M. Stevens, est venu rendre visite à mon père, un soir. Mon père était connu de tous pour être quelqu'un de confiance et le valet avait fait sa connaissance quelque temps plus tôt. Ce jour-là, il était en proie à une grande agitation, il avait peur et il cherchait de l'aide. Il soupçonnait Julianne d'avoir empoisonné le vieux lord Brenton. Elle s'était récemment rendue chez l'apothicaire, et Stevens l'avait surprise par la suite à verser un liquide mystérieux dans la potion que son maître a bue juste avant de trépasser. Mais Stevens n'avait pas le courage de proférer des accusations publiques contre sa maîtresse. Il craignait qu'elle ne réussisse à lui mettre le meurtre sur le dos, ou bien qu'elle le fasse taire d'une manière ou d'une autre. Pour se mettre à l'abri, il a récupéré des pièces à conviction. Par exemple, la petite fiole qui avait contenu la potion et le mystérieux liquide. Il a supplié mon père de lui trouver un autre employeur. Alors mon père lui a fourni des lettres de recommandation pour qu'il puisse entrer au service d'un de ses bons amis qui vivait à l'étranger.

— Comment se fait-il que votre père vous ait parlé de tout cela ?

— Nous étions très proches, lui et moi. Je recevais ses confidences et en vérité nous n'avions pas de secret l'un pour l'autre. Et je sais où est Stevens aujourd'hui ! ajouta-t-elle avec un sourire de triomphe. Je sais aussi où se trouve cette fiole. Alors… sauf si Julianne est prête à affronter une accusation pour meurtre et un procès, elle me donnera ces lettres.

Il pressa ses lèvres contre son front.

— Chérie, ce n'est pas à vous de faire cela. Julianne est une femme dangereuse.

— Elle n'est pas de taille contre moi. Je ne laisserai personne se mettre entre moi et ce que je désire.

— De quoi parlez-vous ?

— De *vous*.

Un genou de chaque côté de ses hanches, elle prit appui des deux mains sur ses épaules.

— Je veux tout de vous. Y compris chaque instant de votre passé, de votre présent et de votre futur, affirma-t-elle, avant d'abaisser sa bouche sur la sienne dans un baiser péremptoire.

5

Attendre les trois jours suivants fut la chose la plus difficile qu'Andrew eût jamais faite.

Seul au domaine ancestral, il arpentait les pièces et se rongeait les sangs, alternant entre périodes d'anxiété et d'ennui profond.

Sans nouvelles, il allait devenir fou. Mais Caroline l'avait adjuré d'être patient et d'attendre qu'elle le contacte. Aussi, il s'était promis qu'il tiendrait parole, même s'il devait en crever.

Il avait du mal à croire qu'elle puisse récupérer ces maudites lettres. Julianne était rusée et sournoise, et Caroline était de nature si honnête... Ce n'était pas chose facile de faire chanter un maître chanteur !

Et puis, songer que Caroline allait s'abaisser de cette manière pour réparer un malheur dont il était entièrement responsable... Cette idée le révulsait. Depuis le temps, il aurait dû s'aguerrir contre ce sentiment de honte diffus, et pourtant ce n'était pas le cas. Un homme était censé protéger la femme qu'il aimait, préserver sa sécurité, son bonheur. Et néanmoins c'est Caroline qui allait affronter le dragon pour voler à sa rescousse.

Accablé, il envisagea un instant de boire un verre pour se donner un coup de fouet… Mais du diable s'il noyait son angoisse dans l'alcool ! se reprit-il dans un sursaut de volonté. Dorénavant, il affronterait la réalité sans béquille. Il ne se donnerait plus d'excuses, ne se tapirait plus nulle part.

Enfin, quelques jours avant Noël, un valet dépêché de la résidence Hargreaves arriva au domaine de Rochester, porteur d'un petit paquet.

Il s'inclina avec respect devant Andrew.

— Milord, Mlle Hargreaves m'a demandé de vous remettre ceci exclusivement en mains propres.

Fébrile, Andrew déchira l'enveloppe cachetée qui accompagnait le paquet. Son regard parcourut le message rédigé en petites lignes bien nettes.

Milord,

Veuillez accepter ce présent pour Noël. Faites-en ce que bon vous semble, et soyez sûr qu'il ne vous engage strictement à rien, excepté à rompre vos fiançailles avec ma cousine. Je suis certaine que Julianne ne tardera pas à reporter sa tendresse sur un autre malheureux.

Bien à vous,

Caroline

— Milord, dois-je apporter une réponse à Mlle Hargreaves ? s'enquit le valet.

Andrew secoua la tête. Une incroyable sensation de légèreté s'emparait de lui. Jamais de toute sa vie il ne s'était senti si libre, si plein d'énergie et d'impatience.

— Non, répondit-il gravement. Je préfère lui répondre de vive voix. Prévenez-la, je vous prie, que je compte lui rendre visite le jour de Noël.

— Très bien, milord, acquiesça le domestique avant de prendre congé.

Caroline était assise devant l'âtre où une bonne flambée crépitait, illuminant le salon d'une clarté chaleureuse.

Des branches de houx brillantes, parsemées de petites baies rouges et entremêlées de rubans de la même couleur, décoraient les fenêtres. Sur le manteau de la cheminée, des bougies à la cire d'abeille répandaient un parfum apaisant.

Ce matin-là, la famille avait ouvert ses cadeaux dans une ambiance joyeuse. Puis chacun était parti à ses propres divertissements, car cette période de l'année offrait de nombreuses fêtes et occasions de s'amuser.

En fils modèle, Cade avait escorté Fanny, invitée à pas moins de trois réceptions ce soir-là. Ils rentreraient tard dans la nuit. Tous deux avaient insisté pour que Caroline les accompagne, mais elle avait résisté, sans donner d'indication lorsqu'ils l'avaient questionnée sur ses projets personnels.

— Dois-tu retrouver lord Rochester ? avait demandé Fanny, tout émoustillée. A-t-il l'intention de te rendre visite, ma chérie ? Car dans ce cas, je dois te conseiller sur l'attitude la plus correcte à adopter vis-à-vis…

— Maman, l'avait interrompue Cade, si vous ne voulez pas être en retard chez les Danbury, il faut partir immédiatement.

— Mais Caroline…

— Croyez-moi, si Rochester venait frapper à notre porte, je ne doute pas que Caroline sache exactement comment s'y prendre avec lui, avait rétorqué son frère en lui jetant un regard malicieux.

On avait donné congé aux domestiques. La maison était silencieuse. On n'entendait que les sons caractéristiques de Noël en provenance de la rue : chorales enfantines, musiciens de rue, fêtards qui baguenaudaient d'une maison à l'autre.

L'horloge venait de sonner 1 heure du matin quand quelqu'un frappa à la porte.

Le cœur de Caroline bondit. Elle se précipita pour aller ouvrir.

Andrew se tenait sur le seuil, aussi grand et beau qu'à l'accoutumée, une expression sérieuse inscrite sur les traits et une lueur incertaine au fond de ses yeux bleus.

Ils se dévisagèrent un instant sans mot dire, et bien que Caroline demeurât parfaitement immobile, elle eut l'impression que tout son être se tendait vers lui.

— Vous voici, dit-elle finalement.

Elle avait presque peur de ce qui allait se passer, maintenant.

Elle aurait voulu qu'il la prenne dans ses bras et qu'il l'embrasse, mais il se contenta d'ôter son chapeau et de demander à mi-voix :

— Puis-je entrer ?

Elle s'effaça, l'aida à se débarrasser de son manteau et le regarda suspendre ses affaires dans le hall.

Puis il se tourna face à elle et elle se surprit à trembler.

— Joyeux Noël, Caroline.

— Joyeux Noël, répondit-elle en se tordant les mains avec nervosité. Voulez-vous que nous passions au salon ?

Il acquiesça d'un vague hochement de tête, comme s'il se moquait de l'endroit où ils iraient, puis il lui emboîta le pas, toujours en silence.

— Sommes-nous seuls ? s'enquit-il en remarquant soudain le calme qui régnait dans la maison.

— Oui.

Trop agitée pour s'asseoir, Caroline demeura debout devant la cheminée. Levant les yeux sur son visage à demi dissimulé par la pénombre, elle déclara suivant une impulsion :

— Andrew, avant que vous me disiez quoi que ce soit… Ce cadeau que je vous ai envoyé… ces lettres… sachez que vous ne me devez rien en retour. Je ne veux pas que vous vous sentiez mon débiteur.

Il la toucha alors. Ses grandes mains vinrent encadrer son visage et ses pouces caressèrent doucement ses joues empourprées. Il la regardait avec une infinie tendresse, mais également une intensité qui l'enchanta et ne tarda pas à lui provoquer des élancements dans tout le corps.

— Je *suis* votre débiteur. Mon cœur vous est reconnaissant, ainsi que mon âme… et encore bien d'autres parties de mon anatomie, dit-il avec un sourire. Hélas, la seule chose que je sois en mesure de vous offrir est un cadeau plutôt discutable… qui n'est pas en très bon état, un peu cabossé, et d'une valeur douteuse. Ma triste personne.

Il prit ses petites mains entre les siennes, les porta à ses lèvres pour embrasser ses phalanges.

— Voulez-vous m'épouser, Caroline ?

Une bulle de félicité explosa en elle.

— Mon Dieu… oui ! Je ne veux nul autre que vous, répondit-elle, la gorge nouée. Vous êtes exactement l'homme qu'il me faut.

Il eut un petit rire désabusé :

— Alors que Dieu vous vienne en aide !

Il lui lâcha les mains pour aller pêcher un objet au fond de sa poche, en tira un petit anneau scintillant qu'il glissa à son annulaire. La bague était juste un tout petit peu trop grande.

Caroline ferma le poing pour l'admirer à la lueur des flammes.

— Elle appartenait à ma mère, expliqua-t-il. Elle me l'a léguée et j'espérais pouvoir l'offrir un jour à ma femme.

— Elle est… superbe ! murmura Caroline, les yeux embués de larmes d'émotion.

Andrew se pencha pour déposer un bref baiser sur ses lèvres. Puis, souriant, il lui ôta ses lunettes et entreprit de les nettoyer.

— Vous ne pouvez sûrement pas voir grand-chose à travers ces verres-là.

Cela fait, il les remit en place et la prit par la taille pour l'attirer contre lui.

— Dites-moi, avez-vous eu du mal à récupérer ces lettres ?

— Pas le moins du monde, répondit-elle, sans pouvoir réprimer une note revancharde dans sa voix. À vrai dire, j'ai éprouvé une certaine jubilation. Julianne était furieuse. Elle avait envie de m'arracher les yeux, j'en suis sûre. Naturellement elle a nié être responsable en quoi que ce soit de la mort de lord Brenton, néanmoins elle m'a remis les lettres sans discuter. Et je vous garantis qu'elle ne nous causera plus jamais le moindre souci.

Andrew la serra plus étroitement. Ses mains allaient et venaient dans son dos. Puis, la bouche perdue dans ses cheveux, il chuchota, d'un ton passionné qui la fit frissonner :

— Il y a encore un dernier problème à régler. Si je me souviens bien, vous étiez encore vierge la dernière fois que nous nous sommes vus ?

— C'est vrai. Mais ce n'est pas ma faute ! répliqua-t-elle avec un sourire tremblé.

Il l'embrassa, avec un mélange de fougue et de dévotion qui lui fit flageoler les jambes. Alors que sa langue caressait la sienne, Caroline se laissa aller contre lui, écrasée entre ses bras forts, à demi étouffée par ses baisers ardents.

— Alors cette fois je vais faire de mon mieux pour vous satisfaire. Emmenez-moi dans votre chambre.

— Maintenant ? Ici ? balbutia-t-elle.

— Pourquoi pas ? Vous ne vous inquiétez tout de même pas de la bienséance ? Vous qui m'avez ligoté à une tête de lit !

— Ce n'était pas moi, c'était Cade, protesta-t-elle en rougissant.

— Sans doute, mais cela ne vous a pas empêchée de profiter de la situation.

— J'étais... à bout d'arguments !

— Oui, j'ai vu ça.

Toujours souriant, il lui glissa un baiser dans le cou, tandis que sa main s'arrondissait autour de son sein. Doucement il en agaça le téton du pouce, et le sentit se durcir sous le tissu du corsage.

— Préférez-vous attendre que nous soyons mariés ? demanda-t-il encore dans un chuchotement.

En guise de réponse, elle le prit par la main et l'entraîna hors du salon, dans l'escalier et jusque dans sa chambre.

Les murs de la pièce étaient tapissés d'un papier rose pâle orné de motifs floraux, assorti au couvre-lit brodé. Dans un environnement si féminin et délicat, Andrew semblait encore plus viril que d'ordinaire.

Fascinée et ravie, Caroline le regarda se dévêtir. Il ôta sa veste, son gilet, sa cravate et sa chemise, les déposa à tour de rôle sur le dossier de la chaise.

Elle déboutonna sa robe et la laissa tomber au sol en un tas de soie chiffonnée. Puis, comme elle attendait, seulement vêtue de ses sous-vêtements et de ses bas, Andrew s'approcha d'elle. Doucement, il l'attira contre son corps nu et elle sentit la dureté de son érection à travers la mousseline vaporeuse de sa camisole.

Elle laissa échapper un petit soupir.

— Vous avez peur ? murmura-t-il.

— Oh non ! N'arrêtez pas, Andrew. Je veux vous appartenir. Je veux vous sentir en moi ! souffla-t-elle, le nez dans son cou, humant le parfum chaud et masculin de sa peau.

Il la souleva, l'emporta vers le lit pour l'y déposer. Lentement, il enleva les derniers vêtements qui la couvraient, jusqu'à ce qu'elle soit nue et offerte devant lui. Puis, en lui murmurant des mots d'amour, il butina ses seins de ses lèvres avides, les lécha, les taquina, pour faire se dresser les petits bourgeons couleur framboise.

Affolée, Caroline se cambra, appelant la possession avec une urgence qui le fit rire.

— Pas si vite, objecta-t-il, tandis que sa main descendait se promener sur son ventre en larges cercles caressants. Vous n'êtes pas encore prête.

— Si, je le suis, je le suis ! assura-t-elle, éperdue de désir.

D'une main douce, il la fit se tourner. Le visage enfoui dans l'oreiller, elle gémit en sentant sa bouche humide glisser le long de son dos. Il lui mordilla le haut des fesses, puis descendit titiller l'endroit sensible, à l'arrière des genoux.

— Andrew, je vous en prie… ne me faites pas languir !

Il la tourna de nouveau, et sa bouche diabolique s'aventura alors à l'intérieur de sa cuisse, puis plus haut, plus haut… D'un geste résolu, il lui ouvrit les jambes. Caroline ne put retenir un long gémissement lorsque sa langue se glissa dans sa fente humide. Un premier coup de langue sur la crête de chair sensible lui fit fermer les yeux de délice. Un deuxième la fit crier. Puis le plaisir monta, tandis qu'il la savourait, sans hâte. Jusqu'au déferlement du plaisir qui la catapulta dans l'extase.

Andrew l'embrassa sur la bouche avant de se positionner entre ses cuisses ouvertes. Elle s'arc-bouta en sentant l'extrémité de son sexe à l'orée de sa féminité palpitante. Il entra en elle, doucement, eut un moment d'hésitation lorsqu'elle frémit, traversée d'une vive douleur. Mais elle s'agrippa à ses hanches de ses deux mains et haleta :

— Non… n'arrêtez pas… s'il vous plaît ! J'ai tant besoin de vous !

Capitulant, il s'enfonça en elle d'un profond coup de reins. Sa chair intime blessée pulsa autour de son membre. Il s'immobilisa, ses longs cils sombres perlés de gouttelettes de transpiration. Malgré la souffrance, Caroline en eut le souffle coupé. Il était si beau !

Cet homme si séduisant lui appartenait. Elle était au comble du bonheur.

Doucement, il commença à se mouvoir en elle, en appui sur ses avant-bras, les muscles tendus par l'effort. Peu à peu, la douleur s'effaça, remplacée par une sensation lancinante qui, à mesure qu'il accélérait son mouvement, devenait de plus en plus vertigineuse.

Bientôt elle se mit à tourner la tête de droite à gauche avec impatience, le corps en proie à de délicieux tourments.

— Je vous aime... je vous aime, Andrew ! répétait-elle dans une mélopée sans fin.

Lorsqu'elle cria de nouveau, emportée par l'orgasme, il libéra la tension qu'il retenait depuis si longtemps et plongea en elle à coups de boutoir répétés, jusqu'à atteindre l'apogée lui aussi, dans un tourbillon de volupté étourdissant.

Un long moment plus tard, alors qu'ils gisaient tous deux sur les draps froissés et que leurs battements cardiaques retrouvaient tout juste un rythme normal, Caroline embrassa l'épaule d'Andrew et chuchota :

— Chéri, j'aimerais vous demander quelque chose.

— Tout ce que vous voudrez, répondit-il, en jouant avec ses longues mèches blond sable.

— Quoi que nous réserve l'avenir, nous l'affronterons ensemble. Promettez-moi de me faire confiance et de ne jamais avoir de secret pour moi.

— Je vous le promets, dit-il d'un ton solennel, avant de se redresser sur un coude pour la considérer avec un doux sourire. Et maintenant, à mon tour de vous demander quelque chose. Pourrions-nous éviter un mariage grandiose et nous contenter d'une cérémonie intime, le jour du Nouvel An ?

— Bien sûr ! répondit Caroline sans hésiter. De toute façon, je n'aurais pas voulu d'un grand mariage. Mais... pourquoi tant de hâte ?

Il prit le temps de l'embrasser, de ses lèvres douces et caressantes, avant de répondre :

— Parce que je souhaite que ce renouveau coïncide avec le début de l'année. Et aussi parce que j'ai trop envie de vous pour attendre longtemps !

Souriant à son tour, elle secoua la tête, partagée entre la surprise et le ravissement.

— Et moi, j'ai encore plus envie de vous !

— Alors montrez-le-moi, chuchota-t-il en l'enveloppant d'un regard brûlant de passion.

Et elle s'exécuta.

AVENTURES & PASSIONS

7 janvier

Mary Balogh
La maîtresse cachée
Inédit

Comment un homme aussi sérieux que le comte de Heyward, qui ne croit pas à la passion, pourrait-il s'entendre avec Angeline, jeune fille exubérante qui affectionne les tenues extravagantes, fait peu cas des convenances et rêve du grand amour ?

✦

Sabrina Jeffries
Les hussards de Halstead Hall - 1 - Une Américaine à Londres
Inédit

Oliver, marquis de Stoneville, est consterné : sa grand-mère, lasse de ses frasques, lui annonce qu'elle le déshéritera s'il n'est pas marié avant la fin de l'année. Furieux, il décide de feindre de tomber amoureux de la jeune femme la plus inconvenante qui soit.

✦

Elizabeth Hoyt
Les trois princes - 2 - Liaison inconvenante

Harry Pye dégage une impression de force tranquille. Son seul défaut, c'est d'être l'intendant de Georgina Maitland. Et Georgina a beau jouer les effrontées, Harry s'obstine à ne voir en elle que sa patronne. Comment lui faire comprendre qu'ils sont faits l'un pour l'autre ?

21 janvier

Mary Balogh

La saga McJames - 1 - Dans le lit d'un inconnu

Inédit

Fille illégitime du comte de Warwickshire, Anne Cooper est considérée comme une servante par la famille de son père. Et lorsque Mary, sa demi-sœur et fille légitime, refuse d'épouser le chef de clan Brodick McJames, Anne est contrainte de prendre sa place. Rapidement, elle se rend compte que cette union pourrait être beaucoup plus qu'un simple mariage de convenance…

✦

Karen Hawkins

Journal intime d'une duchesse - 1 - Rose

Inédit

Lorsque sa grand-tante décide d'organiser une partie de campagne, lord Sinclair voit enfin un moyen de se venger de la terrible humiliation que lui a fait subir Rose Balfour six ans plus tôt. Mais Rose est devenue une belle et intelligente jeune femme. S'engage alors entre eux une bataille passionnée….

✦

Brenda Joyce

Une enquête de Francesca Cahill - 1 - Un odieux chantage

1900, Londres. Passionnée de politique, la jeune et ravissante Francesca Cahill refuse de se marier et prône des réformes sociales. Bientôt, l'enlèvement du jeune fils de son riche voisin attire son attention. Seul indice, un message sibyllin : « F comme fourmi… » Dès lors, Francesca mène l'enquête, au nez et à la barbe de Rick Bragg, le nouveau préfet de police, exaspéré par ce détective en jupons…

PROMESSES

7 janvier

Julie James
L'amour... non merci
Inédit

Le séduisant Cade Morgan, l'un des meilleurs avocats de Chicago, assistant du Procureur, a besoin de l'aide de Brooke Parker pour faire tomber un sénateur corrompu. Elle n'aura qu'à installer un micro à la table qu'a réservée le sénateur dans l'un de ses restaurants 5 étoiles.
La rencontre entre Brooke et Cade fait des étincelles ! Mais le deal est clair : il n'y a strictement rien de sérieux à attendre de cette relation. Car, comment une femme d'affaires dont les journées ne comptent pas assez d'heures et un homme émotionnellement inaccessible pourraient-ils construire quoi que ce soit de solide ?

Romantic Suspense

21 janvier

Lisa Renee Jones
Sombre, divin et mortel - 1 - Secrets dévoilés
Inédit

Lindsey était une avocate brillante jusqu'à ce que son dernier dossier ruine sa carrière. Des années plus tard, devenue membre du FBI, elle doit à nouveau abandonner son travail ; son père étant atteint d'un cancer, il lui faut reprendre l'entreprise paternelle. Et pour commencer, elle requiert l'aide de Mark Reece. Et même si elle ne l'apprécie guère, son soutien lui est bientôt crucial : des meurtres s'ensuivent, et toutes les victimes ressemblent étrangement à Lindsey...

Passion intense

7 janvier

Madeline Sheehan
Hell's Horsemen - 1 - Indéniable
Inédit

Une allure de bad boy, une démarche sexy, pas de doute, Deuce West est le beau gosse du Hell's Horsemen. Ce club de moto, il le connaît depuis toujours car il y a grandi, et les années ont nourri sa passion. Tout comme lui, Eva a passé son enfance au parmi les inconditionnels des deux-roues. S'ils se sont connus enfants, ils sont désormais des adultes. Des adultes qui réalisent à quel point l'attirance qu'ils éprouvent l'un pour l'autre est impérieuse et indéniable…

21 janvier

Abbi Glines
Désir fatal - 1 - De tout mon être
Inédit

À dix-neuf ans, suite au décès de sa mère, Blaire quitte son Alabama natale pour rejoindre la Floride, où s'est installé son père avec sa nouvelle femme. Une vie bien différente s'ouvre à elle désormais : luxe, opulence, mondanités en tout genre, et présence d'un demi-frère avec qui elle va devoir passer l'été, seule à seul. Mais comment résister à la tentation face à Rush, vingt-quatre ans et terriblement séduisant ?

CRÉPUSCULE

21 janvier

Jennifer Ashley
Les exilés d'Austin - 4 - Cœur farouche
Inédit

Mi-garou, mi-humaine, Iona vit parmi les humains sans porter le Collier obligatoire pour toute créature de son genre. Or, si elle s'obstine à refuser d'accepter sa véritable nature, elle en mourra tôt ou tard. Le ténébreux Eric, un garou à la tête de son propre clan, pourrait la ramener à la raison. Il hante ses rêves, attise son désir et l'appelle à lui. Saura-t-il apprivoiser son cœur farouche ?

10917

Composition
FACOMPO

Achevé d'imprimer en Italie
par GRAFICA VENETA
le 3 novembre 2014.

Dépôt légal : novembre 2014.
EAN 9782290086803
OTP L21EPSN001260N001

ÉDITIONS J'AI LU
87, quai Panhard-et-Levassor, 75013 Paris

Diffusion France et étranger : Flammarion